mark

這個系列標記的是一些人、一些事件與活動

Mark 101

導演的人生筆記

光影背後的感動與追尋

作者：蕭菊貞
責任編輯：李濰美
封面繪圖：李美慧
封面設計：三人制創
文字校對：趙曼如、李昧、蕭菊貞
出版者：大塊文化出版股份有限公司
台北市南京東路四段二十五號十一樓
www.locuspublishing.com
讀者服務專線：〇八〇〇—〇〇六六八九
電話：〇二—八七一二三八九八
傳真：〇二—八七一二三八九七

郵撥帳號：一八九五五六七五
戶名：大塊文化出版股份有限公司
總經銷：大和書報圖書股份有限公司
新北市新莊區五工五路二號
電話：〇二—八九九〇二五八八
傳真：〇二—二二九〇一六五八
初版一刷：二〇一四年七月
初版五刷：二〇一四年九月
定價：新台幣三〇〇元
法律顧問：全理法律事務所董安丹律師
國際標準書號：978-986-213-536-5
Printed in Taiwan

導演的人生筆記

光影背後的感動與追尋

蕭菊貞—著

目錄

蕭導的「戲」與「夢」、「光」與「影」、「迷」與「覺」

慈濟大學校長
王本榮

當年在台大小兒部服務期間，認識初出茅蘆、無足輕重的學生導演蕭菊貞，拍片紀錄的是我的病人、患有「結節性硬化症」的博盛。想不到初試啼聲，便獲得金穗獎的肯定。相隔十年，為了製作「渡～證嚴法師的慈悲喜捨」，蕭導又飄然出現在我的眼前。「十年磨一劍」，此時的蕭導已是國內知名的紀錄片導演與文字工作者，並且獲獎無數。

更想不到的是蕭導從此就被「渡」入了慈濟，成為大愛電視戲劇部的經理，製作了許多感人肺腑的影片。而其中的《逆子》與《破浪而出》，成為慈濟大學在海內外反毒教育宣導「無毒有我」活動的影音教材。為了使影片能深入校園、社區、軍隊及監獄，五小時的影片必須剪輯為九十分鐘。在時間緊迫下，蕭導不眠不休的親自操刀，讓我見識到她的專業功力，也感受到她的敬業熱忱。由於這樣的因緣，使我無法婉拒為她的新書《導演的人生筆記——光影背後的感動與追尋》寫序的邀約，也才能先睹為快蕭導的文字功力，並能一窺她鏡頭背後的內心世界。

人生如一齣「戲」，如愛如恨、如喜如悲。就如李安的《少年Pi的奇幻漂流》一樣，在人生的航程中有驚濤駭浪、有風平浪靜、有陽光燦爛、有暴風驟雨；我們的心境隨著波浪跌宕起伏，喜怒哀樂、愛恨情仇，隨境而生，隨境而滅。很多人在人生的舞台上當了一輩子的演員，却沒有做過真正的自己。演員在戲中，編劇在戲中，導演在戲中，觀眾又何嘗不在戲中呢？人生如一場「夢」，如虛如幻、如泡如影。佛陀說：「我觀十方諸世界，仿若清晨之微星，又如海上之聚沫，夏日雲雷電光火，閃爍不定風中燭，如夢如幻不真實」。活的時候好像永遠不會死，死去後又好像不曾活，不正是許多人的人生寫照嗎？但很少人能從夢裡清醒，寧願選擇繼續在夢裡迷茫。

蕭導的人生筆記告訴我們，出「戲」唯有「放下」，出「夢」唯有「覺醒」。

鏡頭底下生命的「光」與「影」，就如同人性的「善」與「惡」，心境的「禪」與「纏」，社會的「正義」與「爭議」一樣，是永遠剪不斷，理還亂的命題。蕭導無論是在筆下、鏡頭下，呈現的都是一篇篇動人的人生故事。許博盛、謝坤山、丘昭蓉、林金花、蔡天勝、許桃、許金蘭、翟爺爺的生命啟示錄，能夠讓我們了解人生苦難的本質。天堂與地獄不但在一線之間，更在一念之間，如能積極的從止惡修善，轉苦為樂，破迷啟悟，去惑證真來自度度人，生命就會從「荒謬」、「虛無」，變得「尊貴」、「神聖」。

法譬如水，真水無香；緣譬如流，隨流得妙。蕭導的人生筆記，也是一個由「迷」於情到「覺」於悟的個人生命歷程。全書有理性邏輯的嚴肅討論，也有感性詠歎的浪漫抒情。「白蛇對童子」就比「白蛇對法海」的故事來得富有哲理，善與愛也正是本書的主旋律。

恩典～找到屬於自己的人生筆記

關山慈濟醫院中醫科主任
沈邑穎

三年前（二〇一二年），從臺北的公立醫院轉到花東的慈濟醫院工作，誠如蕭導在書中所述：「人生難免都會遇到一種時刻，就是想要歸零。」是啊！當初確實有如此的心境，但在人口數相對稀少的花東，反而見證更多的「生死」關頭。

〈生死美學〉篇中，丘昭蓉醫師是我與蕭導結緣的事。剛來慈濟沒多久的某個週日，從關山獨自開車上花蓮，在全然陌生的瑞港公路不斷迷路，差點翻落數公尺深的圳溝……，天黑了，才終於抵達花蓮友人處。餐後大家聊天時，我忍不住喟嘆：花東怎麼這麼多癌症病人，光是關山慈院就有兩位醫師罹癌過世，到底是哪裡出了問題？蕭導因為記錄丘醫師的故事，與丘醫師有過許多深入的對談，從蕭導口中聽到丘醫師在家人驟逝後的心境到癌末三個來不及完成的心願，同為關山慈院的醫師，內心非常震動。這是我到花東接觸「生死」之始。

蕭導的書，娓娓道出人間故事。在關山，類似的故事也好多。

住在台東市一位近三十歲的女生，幾年前因為青梅竹馬的男友在台中工作，「愛相隨」也跟著到台中金融業上班，某次發燒數日乏人照顧，導致腦部嚴重損傷，意識及肢體活動嚴重障礙，轉回台東由家人照顧，男友也請調回台東陪伴。每次就診，從她口中喃喃說出的，永遠只有男友的暱稱。看著倆人長得極為相似的夫妻臉，彼此專注的眼神……這股愛的力量讓她的意識及肢體逐漸改善，開始會表達情緒，會唱歌，會抬手說再見……就在大家都以為一切會越來越好的期待下，某日她的姊姊打電話到診間，跟我抱歉說妹妹今天無法來看診，我說沒關係，改日再來。姊姊的聲音開始哽咽，說：妹妹今天早上走了，將來再也沒辦法去看病了！謝謝您們一直以來的照顧。細問，才知道妹妹早上醒來，覺得累，跟家人說想再睡一下，然後…就再沒醒過來了！

二〇一二年，我們一行共九人前往南美洲ABC（A阿根廷、B巴西、C智利）義診及人文講座，蕭導在阿根廷分享時，就問聽眾在〈心地風光〉篇中所提到的「你生命中最珍貴的東西是什麼？」坐在台下的我們心裡也跟著想……，每個人的答案果然差不多，但當蕭導追問：「想想我們一生中用了多少努力和心力去得到這些生命中最珍貴的東西呢？我們有每天珍惜嗎？關於時間、關於健康、還有那些我們摯愛的人……更甚乎關於生命！我們用了多少時間來好好對待這些人生至寶呢？」台下一片默然，有人還低下了頭。

想起臺北的一位病人，她與家人在夜市賣點心，生意越做越好，但也因工作忙碌，飲食作息紊亂，身體狀況越來越糟，我數度軟性勸說要她多休息，無效！有一次忍不住念她：「你的身體狀況已經糟到這樣，到底是要錢，還是要命？」病人張大眼睛看著我，不可置信且理直氣壯地說：「當然要錢啊！看到錢就在路上滾來滾去，不撿很可惜耶！」我當場氣結。數月後，病人開始洗腎，再到花蓮時，我又問她：「現在，你要錢，還是要命？」病人低聲的說：「當然要命！」

很多人，平時總以為自己很勇敢很瀟灑，隨口暢談生死；一旦真到了生死關頭，慌亂不已，甚至病急亂投醫。口口聲聲說「不要命」、「不怕死」的病人，不是真的不要命，而是未到時候。

二〇一三年，我與莊智翔醫師一起旁聽蕭導在清華大學的「電影美學」課程，從中才了解，原來一個故事的鋪陳、轉折，不僅是危機，更是轉機，真實的人生故事亦然。在每一個人生的轉折點，誠如蕭導所述：「懂得用感恩心看待，真的就能體會『恩典』的感動了。」一樣在鬮山，許多走到人生關頭，轉身，仍健在的病人，其生命觀已然不同了。例如：心肌梗塞的媽媽、子宮頸癌的阿嬤……術後，對人生有著更多的感恩與珍惜。

生命本來就是「恩典」，即使有著〈迷霧江湖〉而〈難行〉，錯過了〈來不及的約會〉，仍可〈傾聽來自心底的聲音〉，讓心〈歸零〉，在〈曙光〉中早起，以〈心靈好手〉勤〈耕一畝心田〉，創造〈心地風光〉，在歷經〈童子與蛇〉之後仍能〈行到水窮處，笑看雲起時〉，這就是〈生死美學〉吧！

蕭導是個多方位的作者，曾記錄父親的老兵故事《銀簪子》，也曾說說養貓貓狗狗的趣事《大毛 & coffee》，這次則跳到另一個高度，以更開闊的視野，無緣大慈，同體大悲的筆觸，展現眾生人間菩薩相，度化人心。中醫向來重視身與心的關聯，閱讀《導演的人生筆記》，相信每位讀者會在書中找到屬於自己的人生筆記，這將有裨於身心靈的淨化與提升。

好評推薦

這是一本記錄創作心路歷程的悸動與掙扎，菊貞導演自言在寫人生看人生悟人生，我則從書中探索人生品嚐人生欣賞人生。博盛的學習簡單，簡單學習讓我有著最大的感動，回首這一輩子追求的完美不就是簡單嗎？

資深電影剪接師　陳博文

我好喜歡本書作者的文字質感，樸素無華的文字，卻是造化因緣幻滅無常裡，成就了慈悲智慧。

我好喜歡本書作者的敘述美學，安靜細流的道來，靜靜的流淌在生命長河裡，成就了眾生有情。

我好喜歡這本書，這是本生命之書。

電影導演　林正盛

閱讀一個紀錄片工作者的創作故事，除了欣賞創作者的觀點之外，最大的收穫往往藏在文字裡描述被拍攝者的生活細節以及在拍片之外不期而遇的人生經歷，這本書兼具了這兩個面向的深度。而且，這本書除了菊貞拍紀錄片時期的經驗分享，還書寫了她進入電視台擔任戲劇監製的敏銳觀察，這是一本多面向角度紀錄人生的書，不只是閱讀蕭菊貞，而且順著她如鏡頭語言的筆觸，可以看見台灣許多用力在生活著的人們。

電影導演　鄭文堂

蕭菊貞以細膩的心思、敏銳的觀察，娓娓道出人間菩薩的悲喜哀樂。書中描寫著你我身邊的人物，他們在「小我」與「大我」間的自覺與智慧，靜心讀來，深刻體會到人生的道理，並且更加珍惜當下！

國立清華大學校長　賀陳弘

我們都知道一位好的演員，在拍片過程中會十分入戲，達到「演誰像誰」的境界。而知名好萊塢演員勞伯狄尼洛功力則更上層樓：他讓角色靈魂附體，進而演誰「是」誰。菊貞也是「導誰是誰」！

在停格、淡入淡出間，讓人生不再是剪不斷理還亂。這是一本殺青後，熟成回甘的書。

台中慈濟醫院院長
大愛醫生館主持人　簡守信

01 童子與蛇

十一月初的那一晚，我還清晰地記得，一道冷鋒伴著綿綿細雨，冷的讓人撐著傘都不禁要縮著膀子。深夜一點多，我在巷口停好車，一邊掏著鑰匙一邊往家的方向走去，黑夜中只想趕快進到溫暖的屋裡，心頭則是惦記著還要打包行李，準備後天一早飛到韓國釜山參加影展。

不過，就在我正要伸手打開院子的小門時，黑暗中突然有個影子比我更迅速的動了一下，我立刻抽回右手，認真的看著盤踞在銅門上的「他」，天呀！是一條蛇！現在不是冬天嗎？有寒流來襲下著雨的深夜……蛇？不是應該在冬眠嗎？

我想，我們彼此嚇到對方了。他身子雖然纏繞在門上，卻已經昂首看著我，我花了一些時間的辨識，才把他的身體和小門上捲曲的雕花線條區分出來。而此時，我已經不自覺的倒退了好幾步。如果問我，我最怕的動物是什麼？從小不怕蟑螂的我，最怕～他！

我幾乎忘了有多久的凝視，在深夜中我們動也不動，直到褲管已經被雨滴濺濕、身子開始發抖的時候，我才冷的回神告訴自己：現在，我必須要「通過那道門」回家睡覺。於是，收起雨傘，我鼓起勇氣用傘柄輕輕敲著門邊的柱子，希望他可以快快離開，結果他也立刻迅速的回應，瞬間挺直了身子宣示他的存在，並且挑釁的朝我吐舌。是的，在這一回合，他贏得徹底，當下我嚇得尖叫，往後大跳一步，手中的傘也掉落地面。

淋著雨，我從驚嚇慢慢的轉為生氣！「這是我家！我的門！你不能佔據它……」我不確定他是不是故意要賴，但這遊戲不能再繼續下去了，眼望四周，鄰居們的窗戶都只露出了小夜燈的光，要不就是我想製造話題，不然現在沒人能幫我，除非……只剩下最後一招，我拿出手機，撥出了「一一九」。但奇妙的是，就在電話接通的那一瞬間，他竟然慢慢地垂下了頭，放鬆了身子，停止對我張牙舞爪地示威。我開始和電話那頭通報著我的狀況時，他顯得好安靜，安靜得竟然透露出幾分的落寞，我不懂他想什麼？但這片刻卻讓我回想起上個月，我見到了另一條蛇……

那是一條在大白天闖入鄰居花園的蛇，還在補眠的我被窗外的喧鬧聲吵醒，一看到了消防車，和兩個穿制服的消防隊員，我當下就清醒了，尤其還有好幾位鄰居也圍成一圈吱吱喳喳，不知在議論著什麼？我禁不住好奇，也出門晃晃。沒想到，竟然看到了一條大蛇，當時牠已被制服，蜷縮在鐵籠子裡一動也不動，而且身體還不只一處滲著血（想必是被捕捉時受的傷），這落魄的模樣對我來說，依然是十分嚇人！雖然當時大家討論著要不要立即處死牠……我聽了難免感到幾分可怕，雖然分不清是為了殺戮的罪惡感，還是被殺的悲涼處境。但直到消防員靜定的說出：「交給我們就好，冬天要到了，剛好可以來泡藥酒……」一聽這話，我愣了一下，突然間對這動物的恐懼變成了憐憫，腦海中浮現出牠漂浮在缸子裡，讓酒精和一堆補藥滲透、浸泡、侵蝕，然後毫不留情的榨出牠生命的全部。

當下，我鴕鳥的轉身躲進了屋子，不再參與接下來的決定。

回到這深夜的雨中，我掛斷了電話，在還沒把地址說清楚的情況下，我放棄了這行動，想想：暗黑中的交會，寒流中不冬眠的蛇，必也是淪落天涯的孤獨客吧！不管是被當場打死，或是被泡成藥酒，結局都太悲涼了些。於是，我決定重新開始。

撿起了雨傘，雖然衣服和頭髮早已經淋溼，還是得要撐著，我開始了跟他的溝通——

「我們需要溝通一下……我不想傷害你，但是你擋住了我回家的門，這是我唯一的路，我雖然不懂你為何在這麼冷的夜出來蹓躂，但這裡並不是你應該停留的地方，離開這裡吧！回去你該去的洞穴。聽好！現在我真的累了！讓我回家休息吧，我不想傷害你，真的，我只是想回家……，你快走，我不想傷害你……」心頭說完這一番話，說也奇怪，他竟然又抬起了頭，但態度不再是挑釁攻擊的姿勢，而是與我對望。當下，我不自覺的念出了地藏王菩薩的佛號，複誦著……結果他竟然抖了抖身體，開始動了起來，但此刻我沒有害怕，彷彿我也感受到他的友善。果真，他緩緩的轉身離開了，看著他的移動，我這才發現他個頭不小，將近有兩米長吧！

又佇足了一會兒，確定他真的離開了，我終於鼓起勇氣，回家。

這一夜，特別清醒，睡意甚少。

兩天後，如期到了韓國釜山，這次除了參加影展的正式行程之外，還有個小任務，就是受朋友所託，將兩小瓶珍貴的沉香油，帶到釜山的通度寺送給殊眼禪師。要去通度寺的計劃，剛開始我一點都不在意，只知道是南韓第三大禪寺，殊眼禪師則是相當受尊敬的國寶級畫僧，他的禪畫作品到過許多國家展出。基於好奇心，我欣然接受委託，也當成是順道旅遊。但怎麼都沒想到，後來這段交會，竟成了此行最深刻的記憶。

還記得，那天雖然已經是十一月了，天冷，卻是個有溫煦陽光的好天

氣，和友人拿著地址，轉了兩班公車才到了通度寺。

走進通度寺，映入眼簾的除了數百年的老松靈秀環繞之外，還有一千三百年歷史的金剛戒壇令人震懾，古樸的唐式廟宇建築，供奉著慈藏律師在西元六三八年赴大唐學習佛法時，帶回來的佛骨舍利。整個大殿沒有供大佛像，一腳踏進卻連空氣中都佈滿了莊嚴的肅穆之氣，據說在韓國受戒的僧尼，幾乎都必須來這裡受戒。想想，我每一步踩踏的原木地板，光潤斂藏，百千年來曾有多少韓國僧人踏足、盤坐、沉思於此？

不自覺的走到了角落，我盤坐而下，想要靜坐片刻感受著這氛圍，沒料到卻出了神的忘記時間，須臾間，卻已經過了大半個鐘頭，還好友人提醒，不然肯定誤了送沉香油給殊眼禪師的事了。

十數個莊嚴佛殿，一一走過參拜，卻還是苦於去哪兒找禪師？還好遇到一位穿著工作服的熱情志工，能說簡單的英文，他告訴我們，「禪師在山上！」

直到此刻，我才弄清楚，在通度寺背後的禪林裡，有將近二十個小佛

庵，遍佈在整座山林中，每一位庵裡的禪師，或習字，或習畫，也有醃醬菜、彈琴、做陶藝等等不同修行。還好有這位志工的好心護持，願意開車載我們上山找殊眼禪師，不然等我們花一小時走上山，還不包括在林子裡迷路的時間，恐怕就要夜宿通度寺了。

真的是個小佛庵。簡單的矗立在林間，別說沒有廟宇的宏偉之氣，就連門面也是出奇的簡單，兩片木板門，幾乎已經是三分之二的門面了。沒有來往遊客，甚至說，沒有多餘的東西，只有一位老僧正在掃地，而他，正是殊眼禪師。

禪師說韓文，我們用著簡單的英文，夾雜中文、漢字和比手畫腳，終於讓禪師明白，是他在台灣的朋友託我送來沉香油，他從頭至尾都是笑笑地點頭，我甚至擔心他真的聽懂我所說的嗎？最後他只簡單的揮揮手，要我們跟著他進屋，「吃個飯吧！」

隨順的跟著禪師走入小佛庵，邊脫著靴子，我懷著滿心的探索，心想多麼奇妙有趣的地方呀！如果電影《春去春又來》早些拍好，看過之後或許現在就會多些理解吧！禪師打開拉門，我抬頭往內看去卻當場嚇了一大跳，怎麼會是……蛇？

一大幅寬版的禪畫，佔據著入門的牆壁，畫中竟是一條偌大的白蛇與一名童子，兩者相視而笑。我被這一幕嚇呆了片刻，想想兩天前那個夜裡，我才差點被那條蛇困在門外有家歸不得，怎麼會這麼快又看見蛇？蛇與童子，這是什麼佛典故事？這印象中不吉祥的動物，怎會躍居禪師的入門牆上？除了希臘神話裡醫療之神阿斯克勒庇厄斯（Asclepius）受到智慧之蛇的引導，而治癒了人們，因此讓蛇杖成了西方醫學上的象徵；還有神的使者赫爾墨斯（Hermes）用雙蛇杖守護貿易、旅人；摩西的銅蛇杖療癒了火蛇對人們的攻擊；台灣的魯凱族、排灣族將百步蛇當作守護神，我一時間還真想不起來，到底蛇還有什麼正向的意義？兩舌之人，蛇髮魔女，陰險的蛇眼，連撒旦都要化成蛇來引誘亞當、夏娃，小時候聽孫叔敖遇到兩頭蛇的故事，也要跟死亡扯上關係。我困惑著，我眼前的這幅畫。

禪師端出了兩碗飯遞給我們，還有好幾盤不一樣的醬蘿蔔，以及蘿蔔冷湯。很簡單的禪食，卻意外的好吃，不知是餓了，還是旅遊在外的心情使然。但我心裡仍然念念不忘方才入門時的那幅禪畫，亦或說，兩天前那個深夜裡被蛇嚇壞的心緒又被挑動起，我忍不住開口問禪師，為什麼畫蛇？為什麼要在入門處掛上這幅畫？那位童子面對比他身子還大的蛇，為何仍然笑著臉？

禪師認真的聽著我的問題，笑了笑，他用了簡單的英文，夾雜著幾句韓文回答了我的問題。首先，他問我心裡怕蛇嗎？

嗯。

蛇是恐懼，很多人心裡的恐懼。……面對恐懼也是修行！所以，那條大白蛇是我們自己心中的恐懼，而那孩子就是「我」。

為何那個孩子不害怕，還能面帶微笑地玩耍呢？

禪師又笑了，因為他是孩子，他有最單純的心（說到這，禪師還特地用雙手摀著胸口示意），只有用最簡單的面對，就像孩子那種純真，你要用這種單純去面對你的恐懼，不是打倒它，不是逃避它，而是對它微笑！那條心裡的大蛇，它也會對你微笑的。

我聽了這解釋，坦白說當下是充滿喜悅的。頓時間，剛進門時被那幅畫中蛇引來的不安，立即消失了蹤影，轉而成了學生般的雀躍。我又繼續向禪師說著兩天前夜裡遇到蛇的故事，禪師聽了並不驚訝，直說有時候，有些蛇也會迷路，但是，天很冷他是應該去睡覺的。我哈哈大笑，是呀！

臨去前，禪師送給我們一人一本小畫卡。我請他為我們簽名，他爽快地答應，並在朋友的畫卡上，輕輕的畫了幾筆，水面上一艘小船……他寫下了「真水無香」。我們都十分欣喜，念著真水無香，彷彿有著無限禪機等著我們參透！當然，我更期待著他為我寫下的話語，沒想到禪師卻頓了一下筆，抬頭看看我……又低頭皺皺眉，食指扣著眉心沉思了一會兒，說實在的，那時我還真有些緊張，還好不一會兒，他便笑了笑動筆畫了一個

妹妹頭的女生（當時我留短髮），脖子上披著一條跟我一樣的圍巾，我忍不住想，他是畫我嗎？

禪師寫下了「隨流得妙」。

當下，我開心的接收了這份禮物，心底卻充滿了疑惑，隨流得妙？

「你的那句話好難懂喔！」朋友說。

我點點頭。

的確，在那時候我真的不太懂，現在回想起來，匆匆已過了十二個年頭。隨著時間的輪轉，隨著因緣的長流，細數這長河兩岸的風景，或蜿蜒，或激盪，或波濤，或沉潛，不論是過去我拍紀錄片，或是製作真實人生再現的戲劇，我彷若一個旅人，每當刻劃著一段段人生風景的取捨得失，其實在無形中也豐富了我的生命旅程。

當然，也幫助了我，用微笑去面對……那條蛇。

02 歸零

人生難免都會遇到一種時刻，就是想要歸零。

曾經，我一直在拍紀錄片。從一九九三年開始，第一部作品是和清華大學的幾位同學一起完成的，那時剛好修了李道明老師的課。還記得當時要找拍攝題材，我不斷的翻閱新竹當地的各種報章雜誌，希望能找到感動我的故事。後來，在一本雜誌上看到了一篇文章，提到有一位竹東高中的老師，她的孩子罹患了罕見的腦結節硬化症，而導致有弱智和過動的狀況，但她並沒有把這樣的孩子藏起來，反而勇敢的帶著孩子出門，遇到有人投以異樣的眼光或是不接納，她就會跟大家解釋：我的孩子生病了！

這位母親和孩子的故事，成了我第一部紀錄片的主人翁。在那個沒有數位攝影機的年代，扛著SVHS的攝影機撐一段訪問，手還會發抖。後來在李老師協助我們後製製作的情況下，這部片子竟然得到金穗獎的評審團獎，還記得評審說，雖然技術面還可以加強，但故事動人，呈現的感情很真摯誠懇之類的鼓勵。想想也是，評語說得很中肯，連攝影機運動時遇到窗戶逆光我都不懂得避開，的確是個菜鳥。但當時這個故事是真的讓我動容，智能障礙再加上過動傾向的孩子，他所有的一切行為都變得不可預料，讓我深刻地體會到「記錄現場」這件事，拍攝的當下，本身就像是一場生命的搏鬥。我們不知道孩子下一步會做什麼？包括可能會把杯子丟過來……

這拍攝的因緣，也讓我第一次踏入了世光教養院，當時一樓多是輕度到中度的孩子，我記錄的博盛，白天便是在這兒「上學」，二樓則是收容重度殘疾孩子的地方，大多數的孩子都有行動障礙或是癱瘓。

我不會忘記，當修女帶我上二樓打開木頭門時，第一時間我還沒看到

「畫面」，便被撲鼻而來的味道擊退了，那是一種混雜著體味、尿味、食物味道、再加上悶熱的氣味，或許還噴灑了一些花露水。我倒退了一步，哪怕深知這樣不禮貌，但卻是反射性的這麼做。後來，再踏進這個大房間，便被眼前的景象所震撼：最小的四、五歲，最大的十六歲，他們或癱躺在床墊上，或在地板上爬行……我一進去，馬上便吸引了他們的目光。

還記得有個大女孩搖搖晃晃的走了過來，竟然主動地牽起了我的手，喃喃自語著我聽不懂的話，一直到我離開時，她都不願意放手。修女解釋說，這些孩子有些被遺棄，有些是被父母寄養在這裡，所以一年裡能有人來看他們一次就很不容易了，所以都很期待有人來關心他們，看到訪客難免會很興奮、很期待。

聽了修女的解釋後，我不禁一陣心酸，現在回憶起來，彷彿還記得牽著我的那隻手的感覺，瘦弱無力，涼涼的，緊緊握著。生命在這空間裡，好像以另外一種生命規則在運行著，緩慢遲滯又寧靜。對於他們期待的愛，當時的我顯得無能為力。

這無能為力的感覺，在後續拍攝紀錄片的過程中，還不時出現，我的經驗和年歲的增長，顯然並沒有為這些受困的生命提供出好的解套方法。

拍攝《血染的青春》時，我不會忘記經歷過白色恐怖時期的孟伯伯告訴我，他二十七歲還在軍中服役時，因為寫信給香港的親人抱怨了軍隊不讓他申請退伍，被處以動員戡亂臨時條款「製造謠言」的罪名，判了無期徒刑！他的故事讓我很悲傷，他最後被關了二十七年，直到大赦才出獄。但更震撼的是，訪問到一半，他竟然反過來問我：「導演，你現在幾歲？」

「二十七歲。」

「如果現在給你一個莫須有的罪，判你無期徒刑，妳會怎麼樣？」

無期徒刑！

我壓根沒想過這樣的假設。當時我沉默了好一會兒，然後說出了很沒用的話，「我可能會想自殺！」孟伯伯一聽笑了。我緊接著又解釋，「抱歉，我太沒用了。」

「我們那時候有很多人都選擇了自殺。妳這樣的想法在當時很正常的。」他說得雲淡風輕，我卻至今難忘。要去同理那二十七年無期徒刑的牢獄歲月，禁錮的不只是身體吧！

五〇年代的台灣，我該慶幸躲過了那段白色恐怖嗎？有一次採訪作家陳映真，他帶我們到了六張犁，是當時被揭露的亂葬崗地點。萬仁導演的電影《超級大國民》就拍到了這段場景和故事。那次訪問陳映真的過程中，他站在六張犁山上那片竹林時，有感而發地說，「還好妳晚生了三十年，不然大概也會躺在這裡……當年很多醫師、作家，尤其像妳這種拿筆、拿攝影機要寫故事、做紀錄的人，都是當局無法容忍的對象……」當下我愣了好一會兒，沒有心理準備聽到這樣的比喻，一時間竟語塞。

躺在這裡?!化作春泥的屍骨，是懷著什麼樣的心情呀！對台灣的熱情，對社會的理想，都凝止在那肅殺的年代，都堆疊在這山頭上……沒有人知道，甚至被遺忘。站在那兒，吹吹風，感受著那惆悵的心緒，好似還盤踞在這林間，纏繞在風中沙沙的吟唱……好難呀～～

當時，曾有一種奇想，如果可以……很想幫他們擦擦眼淚！

拍攝《紅葉傳奇》時，我以為我追逐的是當年紅葉少棒的傳奇。說也有趣，當時拍這題材，只是因為去布農部落採訪，下山時叫了一部計程車，一打開車門嚇了我一跳，這司機是個原住民，約莫四十出頭，竟然裸著上身，露出大啤酒肚，只穿了條運動褲就來接我。一個女生獨自搭這輛計程車下山，多少讓我有些緊張。但這司機卻是一路熱情叨唸地介紹著這附近的風土民情，當然還包括再上山四公里處的紅葉村，他一直問我：「妳要不要上去參觀？我載妳去！那個紅葉少棒紀念館很好……」

「謝謝。我去過了！」

但他仍不死心，開始跟我說起了紅葉少棒的故事，包括了衣錦還鄉的實況、路徑……甚至還有收到的禮物等細節。雖然我有些許的緊張和緊繃，但專業搜尋好故事的嗅覺卻仍是開啟的。

「你怎麼知道那麼多故事？」

他得意地說，「我在現場啊！」

「所以你是他們的同學嗎？」

「才不是啦！」

「不會是你的親戚吧？」

他笑得大聲，「妳不是有去那個紀念館參觀，我就是那個邱春光呀！我就是紅葉少棒的球員啦！」聽到這幾句話，真的差點沒暈倒，民國五十七年的紅葉小英雄，竟然是現在載著我的這個率性的司機。於是，接下來追問著問題的對象變成了我，「你現在都在開計程車嗎？」

「我在家養雞。有空再跑計程車。」

「其他人呢？你的其他打球的球員，他們現在都還好嗎？」

「……」

「他們現在還在紅葉村嗎？」

「很多都死了！」

「死了？你們都很年輕耶！發生什麼事了？」

「都喝酒喝死的……不要說了啦！」他開始變得沉默又凝重，但卻在我心中種下了一顆種子，傳奇的背後怎麼會是這樣的一個故事？有一半的球員在四十歲前往生了，這不尋常的現象，隱藏了什麼樣的人生遭遇呢？於是乎，一部紀錄片的開端，就這麼萌芽了。

接下來一年多的時間，我開始尋找，找尋還活著的另外一半球員，幾乎繞著台灣走。發掘故事的過程，讓這段旅程瀰漫著悲傷的氛圍。有人在學校當工友，在山上的林班地工作，在梨山種果樹，在南橫當警察，在清潔隊服務，在工廠當作業員……小學五、六年級的經歷，是他們一生的榮耀，卻也是最大的噩夢！許多球員都禁止他們的孩子玩球，甚至只要一碰圓的東西，就罵孩子沒出息！這是多麼大的烙印，是一生最大的夢想，卻也綑縛了他們一生。

不甘心。像是一隻不受控管的病毒，啃蝕著球員的生命，從打贏了日本隊後，從他們成為紅葉小英雄後，純真的童年、打球的快樂好像都漸漸地離去了。

榮耀寫成了歷史，卻讓行走的人迷失了。曾經在台灣報紙只有三大張的年代，他們的故事可以橫跨兩版，成為頭條。但是在爆發冒名頂替之後，他們彷彿被下了一道詛咒，開始被遺忘、被放棄、最後有些人甚至是放棄了自己。

這樣的故事，我也差點放棄，因為除了悲傷，還是悲傷，那種甩不開的榮耀，和回不了的青春，就這樣真真實實的在我面前上演著，但書上的歷史和紀念館的照片，我們卻只看到了喜悅和榮光的那一刻。直到我找到了邱德聖的兒子和余宏開的兒子後，這一切才突然有了轉機。

這兩個年輕人都不聽父親的話，喜歡棒球。他們身上彷彿留著父親對棒球的著迷和熱愛，在血液中就是無法視而不見，他們在大學都參加了棒球隊。年輕人的熱血，對棒球的嚮往，於是乎，讓我的旅程終於可以找到暫時歇歇腳的地方。奇妙的是，就在這時候，在台中的江紅輝（當年的捕手）也聯絡到我，問我要不要去拍他們的原住民杯壘球總決賽。

壘球？

「年輕的時候跑得快打棒球，現在年紀大了跑不動就打壘球呀！」

「好呀！總決賽當然好，那我要不要跟哪個單位申請拍攝？……」

關於這場總決賽，我們從臺北趕下臺中，一路上和攝影師推演該如何拍攝，如何拍出兩位當年的紅葉球員棒球魂不死的熱情……

結果，到了球場，現場還來不到幾個人，我們的工作人員幾乎比現場的球員還多，江紅輝則是自己在壘球場上推著石灰車劃白色場線，其他人則三三兩兩悠哉的吃著早餐。

「你們這麼早來呀？」

「這是你告訴我的時間，不是有總決賽嗎？」

「是呀！」

「人呢？」沒有觀眾不打緊，總得有球員吧！

「他們等一下就會來，今天星期天，大家睡飽了就會來。」江紅輝說完，我真是只能苦笑。比賽的球員享受人生，而我們這走進人家故事中的

旅人卻是窮緊張。

等待這學問，對許多紀錄片導演來說一點都不稀奇。現在想想，人生中很多片刻，真的就是這樣。我試著跟自己說，與其跳腳問為什麼？或許在一旁靜靜的看他們，試著理解他們的生命更是一種學習。

果真，一小時後大家陸續都到了。這場球賽除了球員家屬之外，我們大概是唯一的觀眾了。但坦白說，真的很好看，當然，好看的不是球技，而是人。打球的人盡興，現場笑聲不斷，不適合專業球評，但卻適合闔家觀賞。雖然是在壘球場上，而非民國五十七年那個萬頭鑽動的棒球場，不過我還是在江紅輝臉上看到了那一抹對棒球的愛，尤其是他打出了一記全壘打，奮力奔回本壘時的笑容，現在想來還是很動人的。

什麼是傳奇？寫歷史的人需要創造高潮，還是執政者需要功績，或是看歷史的人需要幻夢，但是傳奇往往對當事人來說，經常都只是生命中一個偶然的和合聚匯吧！若執意讓生命停留在那個點上，不肯往前走，它終將成為包袱拖累你的人生！若能回歸自己，繼續往前走，或許這傳奇才有機會美麗保鮮吧！

說到傳奇，就讓我又想起另一個有趣的交會。台灣新電影運動，在世界電影史上，因著侯孝賢導演、楊德昌導演，以及許多台灣新電影時期的精采作品，儼然也有了他的傳奇地位。還記得參加國際影展時，我曾被國外的記者或導演不只一次問到，「為什麼你們國家這麼小，觀眾這麼少，卻能有這麼多好電影？」

還有大陸導演激動地告訴我，「我看你們台灣新電影時候的台灣電影宣言，真的覺得這是一場太重要的運動！這是我們很需要的。」

關於這段電影傳奇，我曾經拍了一部紀錄片《白鴿計劃》，尋訪了很多一九八二年到二〇〇二年之間的導演、相關影人，我好奇這個影迷或影史上重要的電影運動對他們來說，到底是怎麼回事？

許多人娓娓道來，電影人說著電影的故事聽來真的是戲如人生，很精采！不過最讓我深刻的卻是，我在每個導演訪問最後，都會問上一個共同問題，「如果提起台灣新電影，現在你覺得最讓你難忘、浮現在腦海中的『畫面』是什麼？」

我曾以為，答案會是每一位導演最精采的作品片段或是拍攝過程中的某一個艱辛幕後，沒想到對當時參與的導演們來說，竟然許多人的回答是同一件事，同一個畫面，這點讓我十分驚訝！

那畫面，就是在金馬獎後，一群導演到了楊德昌家，大家大解放，把西裝、領帶脫掉，在榻榻米上翻滾！狂歡！一群好朋友在一起的感覺……就這樣！

如果你是影迷，會跟我當下一樣錯愕嗎？

但現在回首想想十年前訪問他們時，這不預期的火花，我真的更能體會那份美好了。就如同吳念真導演可以跟我聊天，卻不願意入鏡談新電影，我依稀記得他是這麼說的，新電影最美的東西就是友情，如果這種感覺不一樣了，那對我來說也不重要了！聽他說完這段話，我就放棄了說服他非要入鏡接受採訪的堅持了。

《白鴿計劃》的最後，我剪了侯導引用胡蘭成的一段話做結束，「一杯看劍氣，二杯生分別，三杯上馬去！」這也是我看台灣新電影，最濃郁、最有人味的感覺了。

一手執筆、一手攝影機的自助旅行，沿路景色美麗又沉重，我貪心的不肯休息，想把所見聞、所感動的都留下紀錄。我平凡又單薄的生命，因著這些旅程上巧遇的人們，越來越豐富……卻也相對地負重。

曾經，我很為一位盲人朋友打抱不平；有一天他在家看電視，突然門鈴響了，他起身去開門，結果門一開，竟然被潑了一桶硫酸，導致顏面傷殘、雙眼失明。這背後的原因竟然是尋仇者跑錯樓層，按錯電鈴。當時，我很難理解，這世界是怎麼一回事？

後來，他在接受復健、輔導的過程中，愛上了幫助他的社工，在他的用心追求下，他們結婚了。拍攝最後，當我聽著他彈吉他自彈自唱，對妻

子唱出〈月亮代表我的心〉時，我真的真的很感動，覺得愛情何須為了天長地久而天翻地覆，何須王子公主才能創造美麗，當下即見證到了平凡的愛情力量，很美！後來，他投身公益社團，為盲友爭取權益。

曾經，我拍過一位脊髓損傷的朋友，他受傷前是輕航機教練，後來受了傷，他號召脊髓損傷的朋友，組成了一支計程車隊，取名叫「火鶴」。他說，既然不能在天上飛，那也要在地上跑，希望自己能像浴火鳳凰般，再有一次人生的機會。

當時跟著他的計程車跑故事，遇到可愛的人會鼓勵他們，甚至有些婆婆媽媽還會固定叫車，相信經過生命的焠鍊，這是一群熱愛生命的運將。但就像天氣陰晴變化般難以預料，他們也遇到了坐霸王車的奧客，甚至搶他們的錢，或是要他們跑了一兩小時跨縣市的長途車，然後下車買個飲料，借個廁所，人一溜煙就不見了。

輪椅司機無法自行下車，他只能傻傻的等，等到眼淚不聽使喚的落了下來，終得面對現實的殘酷，默默把車開回家。

那次的拍攝，我百感交集。有感動，也有憤怒。最後，朋友沮喪的想著火鶴車隊去留的問題時，在一旁觀看的我，也悶到了極點。人性的善惡，真的像天使與魔鬼，人間便是交火的戰場，人心便是一切之始。

那時，我給了自己一次可以呼吸的空間，就是——飛一次吧！

我真的搭上了輕航機，飛上了天，在天空中俯瞰大地，真是不同的視界，雖然教練一直告訴我，小心高壓電線，小心不要太高……但害怕和不安其實很快就被眼前這片土地的美所超越了。和坐在密閉客機裡的飛翔不同，輕航機乘著風，讓人更有飛的感覺，忍不住想起宮崎駿的動畫裡，總是有著這樣凌風飛翔的嚮往和純真，不管你是公主、是魔女、還是環保戰士。這次在天上飛的感覺，很特別，上機前還灰心著人的自私與貪婪，悲憐著善良的人苦難的遭遇，但站高一點看著這一切，再高一點……再高一點……突然間給了我一股寧靜感，俯視人的活動，真的像螞蟻般渺小，忙東忙西來來去去的，最後到底要往哪裡去呢？

我又種下了困惑……

旅程中許許多多的驛站，彷彿都引領我前往一段未知的生命經驗，有時候真覺得像是一場冒險，或許稱為歷險記也不錯。我像練了吸星大法的浪人，在遊歷中汲取了來自四方的武林祕笈，但最後卻在自己身體裡揪成了一團，難以呼吸。

說生命，真的不輕盈。如果沒有找到一個方法整理它，真是難以承受之重，這紀錄片的旅程，在我拍攝了自己父親與老兵的故事《銀簪子》後，疲累終於把我擊倒，想放下筆，放下攝影機了。我這麼對自己說。

於是，我想去做一件事，讓自己歸零。

不選天，不選時辰，就是想出發的那一天，就是一個念頭：就今天吧！

我獨自開車前往新竹，憑著記憶，我想去看看在九年前，讓我開始用攝影機說生命故事的那對母子。好久沒聯絡了，想跟他們再問聲好，想再看看他們說再見，這舉動現在想來的確衝動，雖說是向他們問好，倒不如說是跟自己暫別。

多繞了好幾圈，再次驗證我的確缺乏方向感，到底哪條巷子呢？在路邊曬太陽的阿嬤肯定疑惑，明明停車位這麼多，這台車怎麼還一直繞來繞去？最後終於被我認出了一根柱子，應該就是這裡了吧！

按電鈴前，其實很緊張，因為依稀記得當時醫師說過，這罕見疾病的孩子，平均存活年齡大概只有十五歲，想想當年我拍他時九歲，九年後，他應該已經十八歲了，已經跨越了那關鍵年紀。我很緊張，如何面對開門那一霎那，又或者他們已經搬家？那或許一切都會比較輕鬆？

按了電鈴後，我有片刻屏住呼吸等待回應，沒想到屋裡竟然真的傳來聲響，有兩個人的聲音，其中一個聲音很特別又很熟悉，大聲的發出我還是不太懂的話。結果，開門的是博盛的父親許教授，而在客廳裡發出聲響、並且不斷跑跳的身影果真就是博盛。

許教授再見到我，我們彼此都愣了一下，我再次自我介紹，他笑了，稱我是意外的訪客。而真正讓我意外的是，博盛他長大了，長得又高又壯，塊頭比我還大！

真好，多麼奇妙，我進了屋子喝了兩杯茶，重新聽著這一家人這些年來的故事，原來博盛現在已經是高中生，是桃園啟智學校二年八班的學生。聽著，聽著……父親說著博盛讀書的趣事，我不禁感嘆生命多麼奇妙，懂得用感恩心看待，真的就能體會「恩典」的感動了。

我的告別之行，讓我又決定要開始拍攝《〇~博盛的二年八班》。

03 迷霧江湖

他，走起路來有一種特別的氣勢，在十五歲的孩子身上不太可能見到，但在電視上卻是一點都不陌生的身影，就像是大官出巡。

自在的，他總是把兩隻手放在背後交握著，上身微微傾著，眼神四處巡查，若這時你喊他的名字，他會伸出右手，輕輕對你揮揮手，彷彿受過特別訓練的那種左右搖擺不超過三十度角的優雅。他有語言障礙，是重度智能障礙。

「他跟誰學這走路姿勢？」

「呵呵！我也很好奇，有一次去他家做家訪，才發現他們家很辛苦，家人做資源回收、打零工，根本沒人是這麼走路，後來我還問他媽媽，是不是看電視學的？結果媽媽說，應該不是，因為每次開著電視時，他總是低著頭沒興趣看。」老師這麼說。

「嗯，會不會是忘不了上一世的眷戀，又少喝了孟婆湯呀？」

「妳也這麼覺得？我跟其他老師也有這種感覺呢！」

我們的對話顯然已經跳脫了現實，增添了茶餘飯後遐思的神秘色彩。

跟著博盛的步伐，這是我第一次到啟智學校跟著學生一起上課，那半年多的光景，是一次很難得的學習之旅，簡單學習，同時也學習簡單。

我和助理兩人，跟著桃園啟智學校的同學，整整上了一學期的課，學著畫自畫像，學著做早餐，學著洗車，學著排隊走路……在博盛的二年八班裡，十多位中度智能障礙的孩子，每一位都送給了我一幅不一樣的人生風景，這一趟旅程，彷彿讓我走入了江湖，一個不一樣的江湖。

他們不在乎攝影機的鏡頭，我想，他們甚至也不在乎我們的存在，唯一的例外，是一位個頭高大的男孩，他大概是最熱情跟我們打交道的代

表，非常溫柔又熱心的大男孩，尤其是每一次跟我對話時，總要重複著我的最後一句話開始。

「××，你今天早上怎麼遲到了？老師都在等你喔！」

「對呀！你今天早上怎麼遲到了，老師在等我喔……我沒有……公車沒有等我……是我等它，它沒有來……那妳有沒有遲到了嗎？……」他總是很認真的想跟我說說話，並且努力地發表他的想法。他的認真，不只在應答上，還包括如果老師分配工作給他，他也會用他的方法很努力的去執行任務，但就是只做「指定」部分。例如讓他去掃地，他就會一直掃著指定區域，不能有一片落葉；要他擦桌子，他也會一直擦一直擦，不斷來回繞圈的擦拭著老師指定的桌面範圍，讓它乾淨無比，直到老師說：「可以了！」

他們的單純，讓我很驚訝。還記得有一堂課是教大家做早餐，模擬早餐店的工作，有人站在門口說歡迎光臨，有人煮豆漿，有人打雞蛋，還有人專門炸薯條……每個人都非常專注著自己的工作。例如，負責鞠躬打招呼的孩子，在那堂課裡，只要有人經過門口，不管你是買早餐，或只是不小心經過，甚至只是為了拉一條電線而走過他面前，他就是一個態度：「你好！歡迎光臨。」彷彿擠出了一天的氣力，也要讓你聽到他的努力。

那天，一邊拍攝一邊捧場，我買了好多份早餐，雖然只是實習課，仍然可以從他們的神采中看見期盼，當客人選定了一份蛋餅、一杯豆漿，這十塊錢的進帳，對他們的鼓勵超乎想像，他們笑得好開心，一點都不虛偽。被肯定的成就感，和被接納的喜悅，在這群孩子身上，是切切實實存在的感受。

我還記得那位負責收錢的女孩，她是腦性麻痺導致的輕微智能障礙，大概也是同學中唯一能把二位數加減搞清楚而不出差錯的人。她每次收到錢，總是吃力地要擠出一個謝謝的笑容，這簡單的動作，對她來說，是必須吃力的控制著身體與臉部表情才能達陣的目標。每每見到她的努力，我總是多了些不捨。但接下來發生在她身上的事，才真的是讓我心疼她。

女孩的母親，對於孩子因為生產時的意外，而導致腦性麻痺非常自責，因此只要有機會能讓孩子更好，就會不放棄的堅持到底。我因而想更進一步的記錄女孩的故事，但怎麼都沒想到，就在約好去她家拍攝的前一天，我接到了啟智學校老師的電話，拜託我放棄拍攝女孩的計畫。

「為什麼？我跟她媽媽都約好了！」

「因為……他們剛搬家，鄰居現在有問題……所以，目前不適合你們去，怕到時候會對他們家不好。」

「我們是拍紀錄片，我不懂為什麼會對他們不好？鄰居有什麼問題？我不會拍到他們呀！」當時，我一直不懂老師在電話那頭支支吾吾的罣礙，後來老師終於捱不過我的追問，才說了真話。

女孩媽媽為了讓她讀啟智學校方便，所以搬到離學校比較近的社區，沒想到附近鄰居看到腦麻的女孩，竟然直說是怪物！在她不自主扭動的身體和表情中，鄰居看到的全是負面的聯想，說她帶衰，還讓附近居民在他們搬來後，接連出車禍、生病，甚至連六合彩都連續摃龜。因此鄰居們要求他們離開，甚至為了逼他們離開，還在頂樓水塔貼上符咒，最後讓母親崩潰的是，他們的電話竟然還被竊聽，也就是我與母親的通話，竟然也被攔截了。他們威脅她，不准帶記者和導演來拍攝，這警告嚇壞了女孩的母親。於是，只好打電話給老師，拜託我們不要拍了。

老師說，母親覺得抱歉，不知如何對我們開口，說到最後還哭了起來。

聽著老師說完這過程，坦白說，我心中升起了好大一團火球，不懂為何在邁入二十一世紀的現代，還會遇到這樣的說法。怪物？說的是那單純而努力的女孩嗎？還是眼中看見怪物的鄰居？而我竟然也第一次經歷被竊聽這件事，在我是如此單純著想去幫助一個女孩的時候。怒火無法遏止的爆發。

「老師，我想我們還是會去。而且不只一台攝影機，我還可以邀約其他記者朋友或是警察，讓她的鄰居知道他們做錯了什麼事，讓他們知道恐嚇別人是一件錯誤的事，任何善良的人都不應該因為害怕被傷害，而被迫

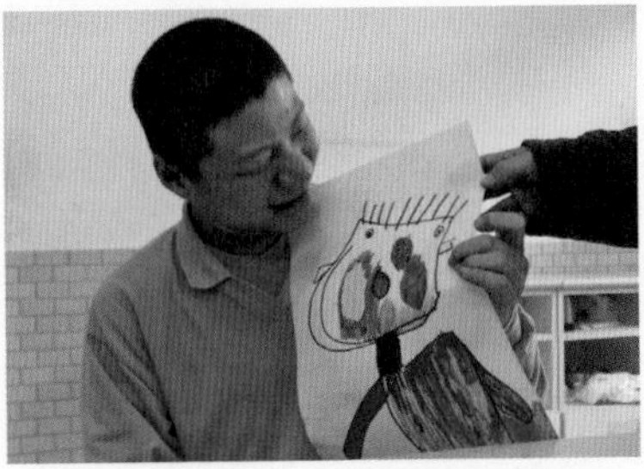

退縮，或是躲起來……」

「導演，這樣不好吧！我知道你很生氣，我聽了也很氣憤，可是……可是他們沒有能力再搬家了，我們也要想想未來他們怎麼跟鄰居相處……媽媽要我跟你說對不起，她現在最重要的是要保護女兒……」

我和老師的對話陷入了一陣沉默，心中的那團火，慢慢被澆熄了，現實的無奈是來自極地的雪，冰冷的讓火苗來不及熄滅就已經瞬間凝結。

後來，女孩經常請假，不知我是否多想，禁不住多看她一眼的時候，總覺得她的臉上少了點什麼。她變得更加安靜，為了要露出笑容而要經常牽動肌肉的抽搐動作也越來越少見了。她，成了教室一角安靜的存在。

隨著孩子們即將要升上高三，職業訓練課程開始越來越多，包含練習洗車，練習在公園掃地，練習做麵包。班上程度最好的男孩，拼命的表現他對於洗車的熱愛和熟練，因為母親已經為他打點好附近的加油站工作，只要他能學會洗車他就有工作。

而我拍攝的主人翁博盛，他的母親王老師則是煩惱著，一般學生高中畢業了還有大學可以念，甚至還可以升碩士、博士班，但這群孩子高中畢業後，他們要去哪裡呢？她的寶貝孩子在群體中顯得靦腆害羞，多數時間活在自己的世界，與自己對話，他參與工作和生活行動的態度，多數時候都隨著他的心情決定。所以當大家要排隊集合時，他經常是屁股最後離開椅子的那個人。

有一次，王老師苦笑著說，如果有人要僱用她兒子，她可以倒貼錢給對方都沒問題。但博盛顯然沒有感受到母親的煩惱，依然用他的率性過他的日子。那段時間，唯一讓他積極的活動只有一種，就是買蓮蓬頭，換蓮蓬頭。還記得王老師提醒我們，要是誰家裡蓮蓬頭壞了，千萬不要客氣，他們家好多，可以多拿幾個回家換。這件事，我到現在還記得。

另一位機器人男孩也讓人難忘，他特別喜歡機械玩意兒，可以一天不說話，只做他喜歡的事：安靜的拆器械、再組裝回去，當然也包括修理家電。他母親說，「他小時候拆玩具，現在什麼電器都拆，家裡幾乎所有小家電都被他拆解、組裝過，不過還好啦！至少有百分之七十都還能用。」母親說得很稀鬆平常，沒有悲喜。而我聽了，卻霎時間不知該覺得遺憾還是讚嘆?!在那段時間裡，自認為反應快的我，經常會被這種突然蹦出的新觀點，和意料之外的狀況襲擊，腦子好像突然打住，一時間掏不出個該回應的表情和對話，面對這位淡然的母親只能傻笑。

印象很深刻，有一次畫畫課，老師的題目是「我」。男孩在他的自畫像中畫了一個機器人。

「這是你嗎？」

他點頭。

「看起來很像機器人耶！」

「不是機器人，這是我。」

「所以你覺得自己頭是方方的，還穿著很多電線在身上？」

他又點點頭。「那是衣服！」指著畫中纏繞電線和盔甲的身體說。

他認真的神情，讓我當下很糊塗。

後來老師要每個孩子拿著自己的自畫像到鏡子前，看著鏡中的自己和畫紙上的自己，回答：像不像我？

機器人男孩毫不猶豫的說：「好像我！」那一刻，很多人笑了，不知怎的，我反而沉默了很久，或許是他的堅持真的說服了我。

觀察他，顯然他有的不只是想像中鋼鐵般的身子，還有鋼鐵般的性子。他沉默寡言，走路時總是抬頭挺胸威風凜凜，但情緒一來會突然爆衝，甚至對身邊人揮拳相向，這是他最大的罩門。連老師都要提醒我，這孩子如果生氣的時候，你們一定要離開他身邊喔，不然被打到可不負責任喔！那學期裡，我見識過幾次，真是很驚險！

現在想起他來，還是覺得他的人生真是個連續驚嘆號。就連有一次癲癇發作起來，說倒地就倒地的狀況也嚇壞了我，當時我專注地拍著一個孩子，突然身後一聲巨響，全部同學都往我背後跑去，我還沒回過神，就發現他已經倒地抽搐，同學們則是有一套ＳＯＰ，趕緊合力抬他到空地，解

開衣服鈕子，拿毛巾給他咬著，並且立刻有人去通報老師，眼看這一切發生……我驚魂未定，坦白說我什麼忙都沒幫上！倒是這些孩子平常的訓練和互助，救了機器人男孩。放學時，我不忘跟老師說，你們的學生真的很棒！

不過說也奇怪，這機器人男孩也有個怪癖，就是平常端坐的他，一到吃飯時間，就非得要把一隻腳屈膝跨在椅子上，有時手肘還會豪邁的放在膝蓋上，一付霸氣草根的模樣，一邊捧著飯碗大口吃飯，老師好幾次勸說要他把腳放下來，男孩總是沒反應，甚至連看都不看老師一眼。我在一旁，看著這一幕，坦白說，當下的那個背影還真像是梁山泊來的漢子，只是走錯了時光出口。但這角色的切換不需片刻，吃完飯後他便又放下腳，化身為另一時空中的機器戰警，繼續執行機器人任務。

行走在這小江湖，真是一趟難得的意外之旅，很多經驗法則在這兒完全不管用，彷彿他們每個人都活在自己的世界，那是在過去、現在、未來的時空穿梭中，迷航的漂浮。

又或是，執念化為人形，想來人間走一遭的試煉？我忍不住想。

當然，在他們的眼中，或許我和攝影機的出現，才更不可思議吧！

04 來不及的約會

落跑，是我們遇到困境和敵人時，經常會使上的伎倆，連我家的狗兒也懂這門道，雖然牠在夾著尾巴潛逃時，經常還會示威性地叫個兩聲，但通常是無濟於事，完全模糊不了接下來的事實，就是快逃。不過，有一天當我們遇上最大的敵人——「自己」時，該逃到哪兒去呢？

裝傻，讓我們自以為轉個頭視而不見後，困難便會自動解除。其實，人生的考題哪裡逃得了？它總是緊緊跟隨、緊緊尾隨！最後超越你，用吞噬的方法擊敗你。就像小病不治，積累成了癌症，便是鋪天蓋地的反撲了。我始終相信，每個人來到世間，便是領了一份人生考試題，完全量身打造，每個人獨一無二，「考試，通過試煉」是這趟人生之旅的真正目的。而設計考題的人——這位愛你的老師，不是上帝，不是如來，更不是閻王，而是你自己——過去的你。

聽人生、寫人生、拍人生的經驗法則告訴我，如果不想讓試煉擊敗，唯一的辦法就是讓自己千萬不要逃避，曠課缺考的下場，通常就是死當重修，再重修，厄運和折磨便會一來再來。因此，每當聽到朋友說，「我現在很慘，我知道我最大的問題就是×××，可是沒辦法，就是改不了，我好痛苦……你幫幫我呀！」

「恭喜你呀！知道問題在哪兒？改就是了。你自己不願意改變，上帝也救不了你！想想看，有多少人要到臨終時才知道自己的問題呢，要把握時間喔！」

「可是我就是改不了，很難耶，每次同樣的問題重複發生，可是我就是沒辦法改，怎麼辦？」

「怎麼辦？唉……那你就再多受幾次苦，等到真的受不了了，下定決心改變，困難就會解決了呀！」通常這回答對於只會抱怨、只想逃避的朋

友來說，會認為你好沒同情心喔！但這卻是我最誠摯的心得。

你——每個人都領受了一份獨一無二的人生試題。

你——同時也早就備好了解題的妙方。

雖然有時候會忘了它放在哪兒，但只要循著線索，其實不難發現它的存在。怕的是，很多人根本看不見自己的問題，只見著自己沾沾自喜的優點，這在許多人生故事裡屢見不鮮！所以，要尋找改變人生劇本的錦囊妙計前，別忘了先學會面對自己的問題。

如果你再說，我覺得我很好耶！不知道自己到底出了什麼問題？

那我提供一個小方法……

請準備好一張紙，然後寫下自己的三項優點。

對。就這樣，不要猶豫！

接下來，請面對你的優點，為它找出那個隱藏在背後的親密夥伴，那個相對的「隱憂」通常已經埋下了你人生考題的伏筆！

比方說，曾有朋友跟我說，「我的優點是很有愛心。不麻煩別人。很負責任。」

我回問他，你身體上應該會有失眠和腸胃的問題吧！你心情上應該常會有焦慮、壓力無法釋放的困擾吧！

「妳怎麼知道？妳會算命？」

「哈哈！我不是巫婆。這些答案都是你自己說出來的呀！」

「我只說出我的優點呀！我哪有說出我的問題？」

有的。

通常會強調自己很有愛心的人，感情都比較豐沛，也願意給予和付出，這樣的優點背後的隱憂是什麼呢？

你要小心，慈悲愛心可得伴隨著智慧，而非一味濫情，在對別人付出時，有沒有設定目的？有沒有渴望回饋？再加上不麻煩別人，又負責任，這樣的人要有覺知，會不會把目標都放在別人身上，而忽略了對自己的照顧和關照？

你愛自己嗎？

你容許別人愛你嗎？

愛與被愛，需要與被需要，必須同時存在，這愛的能量才會圓滿，偏偏很多人會發生傾斜現象。在許多真實人生故事中，經常可以看到強悍的一方，很努力的給予「我這都是為你好！」、「這是你需要的東西！」卻忽略了對方的感受：「這不是我要的！」

如果你也曾經說出「我這都是為你好！」這句話。要很小心，這話中是否隱藏著溫柔的壓迫？因為對方如果不聽，對方就會不好！

所以，當一個人自認為負責任是優點時，是否也是一種對自我的特別要求：我要扛起責任！這同時是否也意味著對另一方的不放心？或是對自己的壓抑？常把這壓力當咒語般往身上扛的人，身心症便很容易上身。

面對自己，也是面對人生課題

想想——

如果「熱情」是你的優點，那「衝動」是否成為你的人生課題？身邊那些讓你熱情對待的人，是否經常會左右著你的感受？

如果有「責任感」是你的優點，那壓力是否成為你的難題？亦或將自己的負荷轉而成為對身邊人的要求？

如果「隨和」是你的優點，想想自己是否經常找不到生命的方向？亦或很在意身邊人對你的看法？

再談談，如果自認「口才好」，那就要小心禍從口出了！或者貪圖口快之快感，而讓口與心的距離越來越遠了？

如果覺得自己很有「正義感」，那就要小心是否容易成為主觀、不易接納別人意見的人，更可惜的是，你很容易錯過生命中原來還有其他的可能性。

這麼練習，找出自己的毛病，並非潑自己冷水，而是給自己機會認識「我」，相信這也是覺知的功課。其實，每一個人發現自己的「好」，都可能為你帶來相對的「隱憂」，尤其你越是這麼以為它好，讓這優點成為「執著」時，這背後的隱憂便極有可能變身為危機，對你的影響就越大！

不過別擔心，有趣的是，在每一個危機中，也都含藏了你人生的「轉機」。

曾經，我也是熱血青年，對生命、對環境充滿了感受，所以我喜歡寫作，喜歡拍紀錄片，喜歡說人的故事；相信公平正義，相信人應該濟弱扶傾，相信為理想奮鬥的人。不過，用情越深，自己卻越困惑。

顯然真實人生走一遭，走到社會暗角，看到權力傾軋，才發現大多數的人都在受苦，公平正義這種事，怎麼好像沒了遊戲規則？生命的脆弱真的只在旦夕之間，甚至須臾間一口氣沒過就消逝了，什麼是永恆？那些堅持理想的人，怎麼遇到權力就變了樣？那些約我在五星級飯店吃早餐談股票的人，那些為了活下去在風雨中、公路邊賣玉蘭花的阿婆，那些因為戰爭而失去家園沒有了根的人……我試著同理他們的遭遇、他們的人生，試著找到說服我的感動，然後寫成文章，拍成作品，然後得到了肯定和獎項，然後呢？

我覺得生命好苦，那麼努力活下去然後呢？真讓人感到挫折！

當時，我沒有信仰，沒有依歸，對生命的態度只有熱情！所以當熱情熄火了，便突然找不到方向了。

還記得，剛接觸證嚴上人時，我仍陷於灰色的茫然中，每每聽到他說，情愛生煩惱，但又不時會提到菩薩覺有情，我沒有多想，竟就好奇的問師父，那到底對身邊人、身邊事要有情還是無情呢？

要覺悟有情，不要在有情中糾纏。上人如是說。

這是我第一次對「覺悟」這字眼有了感覺。白話的說，「覺悟」可以說是超越了在情緒、習氣之間對人事物的纏繞和執著，而有了更開闊、更深刻的觀點。看待人事物的觀點，因為站在不同高度，就有了不同的體悟，亦可說是一種超越。就像站在海邊礁岩上看浪花的經驗，如果我們的情緒和小我就像是那一顆顆激昂瞬間起滅的小泡泡，看似變化萬千，豐富無比，但可曾想過，站高一點，看遠一點，就像攝影機鏡頭zoom out，再退一點，再大一點、再寬一點，大海的壯闊便在此刻現前。同樣是水的樣態，卻已有了不同的意義，這時再回頭看看那小浪花泡沫，就會有不一樣的體悟吧！

不過，我還來不及好好覺悟我的困境，老想著我累了，做得夠多了，人生起落終究一場空……然後，考驗就來了。

在很多朋友和媒體眼中，我在創作最高峰時，決定逃離了。我拒絕許多拍攝製作的邀約，不想再去碰觸任何讓我會難過、失望、害怕的人生課題。但因緣很有趣，就在這時候來了兩通電話，一通電話邀請我拍攝證嚴法師的紀錄短片，因為他得到了總統文化獎。另一通則是伊甸創辦人劉俠透過友人找我，他轉述劉姐想見我，有很多想法和故事想跟我說。

熄了火的飛機，哪兒的風景都看不見。

第一時間我拒絕了這兩項邀約。因為我不是佛教徒，也不想再去看見苦難，不想理解，所以我拍不了；另一邊，則是因為我心太軟，看見、聽見劉姐的請求，我一定會答應。所以最好的說法就是，「我最近剛好沒空！」但其實閒得很。

但後來，還是挨不住身邊朋友的勸說，「什麼都不想拍，至少也要有個告別吧！不如去接觸一下慈濟，看看有什麼秘辛？」

「難得能近身接觸一位有德的高僧，不要錯過啦！千載難逢耶！」

「說不拍就別動心，慈濟人這麼多，如果你沒把他們師父拍好，小心走到哪兒都有人罵你！」

我很叛逆，當大家在我耳邊越是嘰嘰喳喳，就越勾起我的好奇心，開始動搖，也好，反正只是一部短片，說不定也能找到我現在需要的答案。

就這樣，我答應了文化總會的邀約，拍攝證嚴法師的紀錄片。其實我事後才知道，在我猶豫的同時，上人聽到要幫他拍紀錄片的，是個不認識的導演，當下也婉拒呢！還好，過去生的師徒情還是拉住了因緣線，不然真是此生遺憾！

但，另一邊的遺憾，我卻還是讓它發生了。

劉俠女士，就稱劉姐吧！她的《杏林小記》是我小時候的床頭書，大學畢業後，開始拍攝一系列殘障朋友的故事，就是跟她創辦的伊甸基金會合作的計畫。對於她，我只有全然地欽佩，「除了愛，我一無所有。」她這麼形容自己。我第一次看到這句話時，心頭很震撼，也很心疼。她在十二歲的時候罹患了類風濕性關節炎，嚴重的病況讓她全身關節損壞，一生都在疼痛中度過，但信仰讓她找到了倚靠，堅定的用愛走完一生，她也創辦了伊甸基金會，幫助了許多殘疾朋友走出生命的幽谷。

面對劉姐的邀約，我當時是很猶豫的，那時候她的身體已經很不好，幾乎都在家裡很少出門，她住在新店山上的社區，而我住在山的另一頭。友人說，劉姐想跟我聊，她身體越來越不行了，心裡有很多故事想說，問我能不能去看她？偏偏當時遇到了「我」這個大魔頭發威，抗拒面對生死，憤怒人世的不公平，失望地看待人性的劣根性……要在那時候去看劉姐，我想我一定會更難過，我知道只要她開口，我就很難拒絕她，所以唯一能逃的就是暫時先不去看她。

這一逃避的念頭，讓我整整拖延了四個多月，期間她又託友人和她親戚的孩子跟我通了電話，急切的想見我。終於，戰勝了自己的懦弱，我在一月底說好了農曆年後去看她，還記得二〇〇三年的正月初一正好是二月一日，於是我們約好二月中，我到她家看她。當我在記事本上的那一天畫上了一個大紅圈圈時，心頭有種如釋重負的感覺，那時候我也開始拍證嚴上人了，對於劉姐的請託，我開始告訴自己，就是答應吧！

但怎麼都沒想到，就在二月七日上午，我在花蓮靜思精舍參加完早會後，走過辦公區，突然看到大家圍著電腦螢幕，表情驚訝的討論著什麼大新聞，好奇的也湊過去看，天呀！我簡直不敢相信自己的眼睛，「劉俠命在旦夕！」她在家中被印尼籍外傭虐待毆打，現在醫院急救中……

當下，我嚇壞了，一直問自己，怎麼會這樣？我們約好了下週見面不是嗎？怎麼會這樣？

強忍著驚嚇，走到了觀音殿，在觀世音菩薩面前，跪了下來，止不住的大哭！我自責，「我怎麼這麼糟糕！我為什麼不早一點去看她？她想跟我說什麼？跟她相比，我有什麼好逃避的？對生命有什麼好埋怨的？……現在一切都來不及了！對不起，劉姐，真的對不起……」我的懊惱真是難以形容，我自視自己懂得觀察、細心、敏感、會捕捉故事，如果讓我早一點去看她，說不定這女傭的狀況我能看出問題，說不定劉姐會跟我求援？說不定我會及早發現，找到人幫她！說不定……我可以……其實，我什麼都沒做。而我們就要失去她了。

不知跪著哭了多久，剛好證嚴上人從書房出來，看到了我的異常（一般人會跪在菩薩面前懺悔哭泣，大概都是出了事吧），便要身邊的師父過來關心我，那時我無法言語，就只是掉眼淚。後來，上人要我到會客室，他正在跟一位校長談事情，而我就坐在一旁，上人不理會我，放任我繼續掉著眼淚，直到他們談完事，他才轉頭過來看看我。

「怎麼了？為什麼哭得這麼傷心？」

「師父，怎麼辦……我做錯了一件事……我很後悔……」我把我跟劉姐的事告訴了上人。

他聽了後，輕輕地嘆了口氣，淡淡地跟我說，「現在要祝福她，劉俠是很難得、很勇敢的人，她這一生是個典範，自己雖然受了那麼多的苦，卻還是積極的幫助別人，真的是很讓人敬佩，現在發生這種事，我們只能祝福她！希望她能換一個健康的身體，再回來幫助她愛的人……」對於我的懊悔，上人嚴而不厲的對我說，妳要記住這個教訓，要把握因緣，逃避不能解決問題，只會錯過機會，人生很多事不能重來。

這事件對我來說，肯定是終身難忘。我難忘自己的怯懦、愚蠢、消

極、無知，但也感恩這經驗從此後推動著我，學習面對自己！探索生命的感動，不再只是追尋期待中的熱情和火花，靜下心來，才能看見生命的美麗！看清楚生命的價值！看懂生命的生生不息！不管她是生、老、病、死，或是春、夏、秋、冬……

劉俠女士在受傷後隔日離世，她在病榻前交代家人要把她的遺體捐給醫院，並且叮嚀大家要原諒這位印尼女傭，不要傷害她。

「在臨走的那一剎那，若能覺得這一生已經盡心，就可以毫無遺憾的走了。」

很想當面跟您說：「對不起！我錯過了……」

現在，很想跟您分享：「謝謝您，讓我上了好重要的一堂課！」

05 傾聽，來自心底的聲音

一位好朋友因為急性腹痛就醫，竟然發現已經罹患了大腸癌末期，面對癌症的過程是一件身心大工程，要治療這疾病，不只是要不要開刀、要不要化療的問題，更重要的是心的態度，可能決定了接下來的故事發展。

她，曾經是一位心理諮商師，過去我們經常徹夜聊天，談天說地看人生話人性，她在三十五歲時因為遺傳性疾病而導致失明，失去了視力的她，有著比常人更敏銳的覺受力，每一個進到她心裡的訊息，都像線索一樣清晰的被觀察，那段時間我們經常這麼練習著從一句話、從一個反應去察覺那人心底的真正聲音。我身邊有很多大起大落的人生故事；有人破浪而出，有人作繭自縛，她身邊則有許多被自己困住的故事，迷惘中大家都想要找尋出路，有人大刀闊斧的為自己殺出一條生路，有人則是手拿著鑰匙拼命在找鑰匙……我們凝視著每一齣人生舞台上的屏幕，試圖尋找關鍵點！那個在命運的十字路口會讓人決定未來的關鍵是什麼？

有句俗諺說，「知己知彼才能百戰百勝」。其實這句話的源頭來自孫子兵法，「知己知彼，勝乃不殆；知天知地，勝乃可全。」意思是能了解自己也熟悉敵人，這樣才能勝利而不會有危險；但若能更進一步懂得天時、地利，才能真的獲得全勝。這段經典不只在戰場上無往不利，對應人生的大戲又何嘗不是如此?!只是在兵家戰場上，兩軍征戰敵我分明，但在人生戰場上，我們經常不確定誰是敵人？有時揮拳搏鬥了半天，筋疲力竭後才發現搞錯了，然後弄得一敗塗地。其實，人經常只是一再地重複著命運的錯誤，朝代的更迭也重複著興衰的歷史循環，若是縱看古今，便會驚訝人怎麼老學不會歷史教訓呢？敵人在哪？不遠處！最大的敵人，不就是靠我最近、最貼身的「我」嗎！多少崩壞的根源，不都是來自那個最親近的敵人嗎？而且他了解我多過我了解他。

在佛經中有段記載，佛陀譬喻佛法如獅子般的強壯勇猛，萬獸難敵，但佛陀滅度前，卻有魔王對他說：我的力量雖不足以壞你佛法，毀你僧團，但是我可以穿你的袈裟、讀你的經、吃你的飯，然後在裡頭破壞你。這說法讓佛陀感慨，告誡弟子戒慎警惕，外來的敵人我們無懼，但卻經常輕乎了身邊最親近的危害，最後可能深陷其中招致失敗，因此佛陀說：「獅子身中蟲，自食獅子肉。」

借此比喻說說，獅子就像我們身心健康時，什麼都不怕，也沒有東西能侵犯我們，就算一兩隻小蝨子／小缺點，也無傷大雅，但是一旦身心俱疲，或是免疫力下降，或是心靈蒙塵時，哪怕是小蟲子咬你一口，往往就會帶來生命的危險，就像一念貪嗔癡的妄想執著也會讓人鑄下大錯。人生故事看得越多，對此道理的印證越是驚心動魄，所以就算在平時，身心調和洗滌工作，都是很重要的。

罹患大腸癌，好友和我面對著這壞消息帶來的衝擊，她形容就像是地震後引來海嘯，醫師宣告時就像是強震來襲，巨大強震第一時間把人給震傻了，腦子有片刻的空白，就像三一一強震後，突然間海水倒退，霎時變得寧靜，但不一會兒強浪洶湧來襲，夾帶著恐懼、害怕、慌亂，就像海嘯般毫不留情的一波波衝擊上岸，無處可逃。最脆弱處受到最大的摧毀，半點由不得自己……

抗癌的過程，她說沒想到最難熬的就是面對自己，「過去，我沒想過自己面對癌症和死亡的恐懼會是那麼的巨大。」原本在別人面前堅強的她，有一度整個人崩盤了，過去在病人和少年觀護所孩子面前那位樂觀開朗的老師不見了，她陷入了極大的自我考驗……

「你必須冷靜下來，幫助自己。想想，如果是X老師現在會怎麼跟病人建議呢？該如何好好調伏自己的恐懼，用信心和樂觀支持自己面對這癌症末期的考驗呢？」我問。

「我發現過去我不夠愛我自己……我以為我可以透過幫助別人的過程讓自己成長，但有些個人問題顯然我也是選擇了逃避，而沒有好好去面對它……癌症像是期末考，讓我不得不去面對自己的困境了。」

那一晚，我們的對話很沉重，她的家庭和她的感情路，都走來辛苦，一個盲人扛著一大家子，雖然她樂觀助人，卻忽略了照顧自己，她為許多徬徨在人生十字路口的迷路人找到了方向，但對於自己卻是不夠慈悲，身心壓力最終壓垮了自己。我們苦笑著回首過去種種，想起了曾經我們為他人設計心靈澡堂，幫助許多人放鬆外在壓力，消除內心恐懼和障礙重拾信心，但卻老是忘了自己也該好好去泡個心靈湯，讓自己好好SPA一下。終於，老天用了他的方式，要朋友該好好休息了，關於自己，不能再逃避了。

那兩年間，身邊出現好幾位大腸癌患者，除了飲食習慣有待改進之外，他們還有一種共通性，就是心靈垃圾和壓力長期淤積沒有清理，這類的病人大多性格好強、壓抑，不喜歡麻煩別人，遇到困難總是自己承擔，然後回到家累癱了，又忘記幫自己排出心靈垃圾，結果就像身體的腐物堆積在大腸產生毒素一樣，這心頭壓抑的苦悶，像是不能碰觸的秘密地雷，長期堆累也會形成心靈糞石，而這排不出去的問題，似乎很容易投射在身體的腸道產生病兆，進而引爆。

雖然，好友最後仍然不敵病魔，辭世了，但我還是很佩服她在生命終了前，仍努力的與自己對話，放下心中的枷鎖，靠著信仰和愛走向最後一段旅程，雖然讓人心疼，但也欣慰她內心那個小女孩終於可以不再恐懼，不用再披上戰甲而四處征戰了，不再因為失明而必須比別人更堅強的去扮演自己的角色。有幾次，和她說話時，她露出了像孩子般的笑容，當她笑著細數著自己的膽小，笑著說自己很不像女人時……那幾個剎那，因為病痛而消瘦的臉龐，竟然奇蹟似的豐潤了起來，我驚訝的看著眼前她的變化，但一回到現實的考驗，她的憔悴和消瘦又立刻藏不住的顯露。這讓我想起了好多年前在通度寺裡，看見殊眼禪師那幅「童子與蛇」的禪畫，該如何面對自己？該如何面對恐懼？那童子與蛇的會心一笑，也透露著生命的密碼吧！

夜深人靜，想起好友，若她還在，我們現在又會如何解析人生故事，看人生百轉千折的絢爛和寧靜呢？

和大家分享，曾經我們一起遊戲人間的心靈澡堂，邀請大家也一起來泡泡湯吧！願我們不再害怕面對自己，願我們與心中的那個敵人成為朋友，願我們能找到心靈的病兆，化危機為轉機，洗淨塵垢讓自己更輕盈更美好！

心靈澡堂

很多人都有泡湯的經驗，就在那一兩個小時之間，感受到身體的放鬆，很是舒暢的感覺。但有沒有想過，你的心靈呢，有機會放鬆嗎？可以泡個湯洗掉心頭的罣礙，舒緩壓力嗎？

有段時間，身邊陸續有朋友遇到了身心症的困擾，他們都是在生活和工作中被公認的好人、很認真的人，對身邊需要幫助的人更是兩肋插刀，但是都在壓力中被自己壓垮了。證嚴上人曾說過，壓力＋歡喜心＝承擔力。這心靈配方很妙，但遇到歡喜心不見了的朋友，怎麼辦？如何重新找回自己的那念單純？其實很多人不懂如何面對自己，也不願意面對自己。所以遇到創傷或困難，很多痊癒的方式，或是堅強的做法，是找一個強而有力的寄託或是信念，把問題掩蓋住，然後日復一日繼續生活。不過有趣的是，有些人在生活當中，的確讓「時間」和「信念」這兩味藥把傷口療癒了，但也有不少人是逃避的，寧願多愛別人兩倍、三倍，也不願意對自己慈悲些，多看自己一眼。

憂鬱症的朋友說，「你知道嗎？要多愛自己的意思，就表示也必須面對自己的挫折和困難，學習接納他們，才有能力愛自己。有些時候，這功課很難，但更多時候，是我們在不知不覺中，根本連問題都還沒發現，就已經被負面情緒淹沒了……」

對於那些負面情緒和讓我們生命中產生困擾的東西，不能視而不見，它真的會長大！別讓它有機會在你免疫力降低時，伺機作怪，成了蜂窩性組織炎，最後讓自己得依賴安眠藥和百憂解度日，這樣真的很不值得。所以我們要學會轉念！就像謝坤山面對他的人生難題，他必須要能找到一種生活態度，一種生命價值，才有辦法超越，繼續往前走。

現在我們一起用幾個簡單的問題，試著傾聽來自心底的聲音，心底那個孤單又脆弱的「我」，其實不是敵人，他經常想要釋放訊息給你，只要你願意靜下心來慢慢傾聽，細膩的捕捉，一定可以給「我」力量，幫助「我」超越困境。

第一步。放下你的包袱，減輕一點負荷。

問題：你最放鬆的時刻是什麼時候？是脫離了哪件事？哪個人？或是完成了哪個任務？這時你最想做什麼？

很多朋友的答案，可能是：

做完一天家事後，孩子睡了，可以泡個澡……

夜深人靜，可以不用面對（誰），一個人看看書，或是聽聽音樂……

下班後，跟朋友一起吃吃聊聊，忘掉工作……

達成任務，可以對老闆有交代了，大睡一場……

或是，你到現在還不懂得如何讓自己放鬆？

每個問題都沒有標準答案，但在答案裡，是否藏匿著目前讓你生活上產生壓力的包袱？可能是家人的需求；可能是工作上的競爭；也可能是對自己的期待；或急於想達到某個目的……

了解自己的壓力來源，很重要。因為這樣你才懂得提醒自己要適當舒壓，如何和這包袱和平共處？如何讓它成為正向前進的推動力，而不是變成癌細胞一樣無節制地長大，最後吞噬了你的心。就像很多人工作緊張，都有肩頸痠痛緊繃的問題，有一次醫師提醒我，其實你可以練習讓它放鬆，我才開始懂得隨時提醒自己，「現在肩膀又緊繃了嗎？深呼吸把肩膀放下，把肌肉放鬆……」壓力也是一樣，在工作中，在喧鬧中，在忙碌中，如果可以提醒自己意識到——「急促緊張的感覺正爬上心頭，它又形

成壓力影響我的情緒了！」或許你也可以找到對應的方法釋放它，或是定期清理，不要讓它囤積。再不然也要學會把它暫時擱下！就像現在要進入心靈澡堂泡澡了，千萬別扛著它進來，記得在衣物間把它放下就好。

第二步。脫下外衣，卸下盔甲。

問題：你最害怕失去的三樣東西？

你的答案是什麼？

有人擔心的是金錢、工作。

有人害怕失去家人或愛人。

還有人怕失去珍貴的收藏。

當然也有人不願失去青春、美麗、健康……

不知道你有沒有想過，在你害怕失去的東西中，是不是也潛藏著一種內在的訊息，透露出了心底的脆弱。擔心失去依靠？擔心沒有人愛？害怕孤單？害怕獨處？沒有自信？恐懼死亡？……

想想，不管是擔憂還是害怕，為了不讓別人看到你這道脆弱的裂痕，需要築起多高的城牆保護它？需要穿上多厚的盔甲不讓人發現它？我的經驗中，很多越是外表強悍、武裝自己的人，其實心底大多都藏著一個很脆弱、很柔軟的孩子。現在，我們能不能先將這盔甲卸下呢？還記得我在〈童子與蛇〉一文中提起過，試試用你的赤子之心，那念單純的心，去面對那條恐懼的大蛇，或許是可以微微笑一起玩遊戲的。

當然，更好的拆城牆方法，是去找出那個恐懼害怕的根源？許多人的負面傷痕都來自童年陰影，這在我拍攝紀錄片的個案中很常見，在後來真實戲劇人物的採訪中，更是屢見不鮮，這記憶裂痕甚至會影響一個人未來的人格發展和待人接物。如果，能藉此找出它來，面對它，圓滿它，其實我們也無需再武裝自己了。曾經遇到過不少人，藉由心理諮商或是自我探索，解決了內在的缺口和傷痕後，整個人都有了不一樣的翻轉，變得更柔軟，更堅韌，也更讓周遭人喜歡他，甚至連一些身體上的陳年痼疾也都不藥而癒了。

第三步。好好洗刷刷，洗淨塵垢，才好泡湯。

問題：你最引以為傲的優點是什麼？可以列舉二到三項。

你最困擾的問題是什麼？也可列舉二到三項。

請做一個練習，用你的「優點」當鏡子，幫助你克服「問題」。沒什麼好驚訝的，既然這優點讓你引以為傲，想必能夠為你帶來許多幫助，為了測試這優點是否這麼靈光，值得你驕傲，那就先來解決自己的毛病吧！

我始終相信，天無絕人之路，但這並不意味著老天會讓你絕地逢生，創造生機，而是你自己有沒有為自己打開生路，有沒有找到方法超越自己的問題，這寶劍無需外求，早已經配給你了，只是未必附上使用手冊，你得自己學習善用它。例如，你引以為傲的優點是：做事認真負責、勇於承擔；困擾的問題是跟人說話太直，經常被人誤會或傷到人。你要不要試試把對「做事」認真細心的態度，練習成「對人」的認真，包含對周遭人的觀察、互動、應對，都像你對手邊事物那樣的仔細、認真投入。你一定可以改變的，因為你有這種潛力，只要你不去抗拒改變，只要你調整一下心態↓人、事圓滿才是把事情做好的目標。就不會忽略了身邊人的感受了。

但這練習有時候也會有陷阱，就是你以為誠實回答，其實卻被自己騙了。我有個朋友曾經遇到一個問題，她說她的優點是對人樂觀開朗不計較，但困擾的問題是朋友很多，卻總是害怕獨處，沒人陪就陷入恐慌。想一想，你是因為害怕獨處，所以需要朋友陪伴，才變得對人樂觀開朗不計較嗎？如果是，你會很辛苦。朋友和你的樂觀都只是止痛藥、安慰劑，只會越吃劑量越重，然後病情也會越來越重。

為何不試著找出自己害怕獨處的原因，試著用你能讓大家開心快樂的優點，也幫助自己爬出深井！後來，我建議這位有著缺愛症（兒時爸媽無法照顧他，把他交給阿公照顧，成長經驗的挫折讓他渴望有人陪伴）的朋

友，每天試著給自己十五分鐘的獨處開始，每天遞增五分鐘，獨處時可以先安排會讓自己開心的事物，把空虛恐慌填滿，隨著時間增加，再慢慢遞減外來物的支撐，讓自己練習保持愉悅的安靜獨處，學習讓自己的心簡單飽滿，「相信自己很棒！我愛自己就如同我愛我的朋友一樣。我讓大家開心，也能讓自己開心。」而不需要靠著別人來支撐。

在這練習中，如果你有困難，沒法做很好的連結和轉換，那也有個小撇步，就是試著切換角色，讓困擾你的問題成為你的朋友「他」。帶著你的優點遇到這位朋友「他」，幫助這個遇到困難的人吧！好好發揮你的利器，你一定有辦法幫助他脫困的！

第四步。找到適合你的浴包，掛上牌子：泡湯中，請勿打擾。

問題：請給自己兩個理由可以休假或旅行。並規劃好想去哪裡？試著寫出那些城市或國家，對你來說最吸引你的特質是什麼？

關於旅行，是很多人的渴望，甚至常有人說，光是到機場大廳check in之後，就已經有了放鬆的度假感覺。到了陌生國度和城市，更是覺得自在，因為一切都變得有趣！這樣的感覺你是不是也不陌生呢？

年輕時，我曾經住過一個地方，應該可以算是觀光區，也就是每到假日會出現很多遊客，甚至是外國觀光客，他們的悠閒快樂，對當時住在那兒的我來說，是很難理解的。我們每天在這兒進出，根本一點感覺都沒了。

曾經和遊客閒聊，「為什麼要來這裡？」

「這裡很棒呀！來走走讓我有放鬆的感覺，可以暫時拋開很多煩惱？」

「真的嗎？」這對當時滿腦子煩惱的我來說，真是最大的反諷。但他們可說得很認真呢！天地景色一樣，彼此的感受卻可以創造出截然不同的世界！實在很有趣。

想想，給自己兩個可以休假到異地旅行的理由中，是否隱藏著此時對自我處境的焦慮，和害怕被束縛的相對因子？旅行或出走，其實除了看風景和學習之外，是否也意味著可以暫時擺脫掉熟悉的自己而感到輕鬆呢？

沒有人認識我——

我可以不用扮演我應該和我被期待的角色。

我可以有機會重來——Reset。

還有另外一種常見的理由是，很多人想去遊學，增廣見聞或看看世界。其實你也可以探索一下自己，是不是現在的生活或處境，沒法滿足你對自己的期待，進而產生一股莫名的焦慮？甚至想要對自己發脾氣?!

而你想去的地方和特色，在潛意識中或許正提供了你目前所處困境的「突圍之道」。希臘地中海式的閒逸，日本京都的悠然古風，或是去探索秘境的冒險……每個地方都不會只是一個地名而已，它是否也是你心底的嚮往，和你現在開給自己需要的藥方。

不過，這解藥是否非得真的出遊或出國一趟才能取得呢？能如願的人或許很有限。如果我們現在沒法立刻出發去旅行，但有沒有可能試著在自己的生活中，補充你目前渴望和需要的能量，讓自己更好呢？

例如：

想了解異地文化的人，不妨先從擴展目前生活圈和環境試試，過去我曾經給自己一種小冒險，搭上平快車，每次都選一個沒去過的小站下車，然後開始認識它，慢慢走路慢慢看，有時也跟當地人聊聊，其實很有收穫呢。就算到了日本旅行，我也曾經這麼做過，很豐收！

想要出去遊學、增廣見識的人，或許給自己機會去學學新東西吧！去報名木工班、攝影班、天文社、插花班、寫作班……或者是重回校園，找一門有趣的課去旁聽，重新當學生都好，「學習」是你目前所需的能量喔！

至於有些人老想去一些熟悉的地方重遊，想找回兒時或記憶中的溫

暖，這樣的朋友，或許你得花些時間面對自己為何有種孤單感呢？若不能填補這份寂寞，其實再多舊地重遊也只能解一時之癮，就像破了洞的碗公，或許帶來一時的滿盈，但不一會兒，空了，寂寞又會湧上心頭。

好想擁抱大自然海闊天空的人，能否不要給自己現在的生活設定那麼多框框和目標？能試著接納「生命中很多計畫之外的變化」嗎？就像雲、水、大地的循環，看似千變萬化，實則生生不息的運行。自由的美妙，不只存在於大山大海，靜下心來，或許在我們身邊，就能看見一花一世界的奧妙無垠。

還有一種什麼都不想、就是要無重力感旅遊的人，「去哪都好，就是要出去……」

那你有沒有想過，身上的包袱是不是好久沒清理了？雜亂、沉重、亂七八糟全塞成一團了，若不找時間整理心底的五斗櫃，把每個抽屜清一清，那就算一趟旅行回來後，肯定還是覺得累，甚至貪心的想：如果可以繼續旅遊該有多好！

若是如此，不管去哪兒，都不會快活的。

一趟心靈旅行，你打哪兒回來了？希望大家都能充電滿滿，精神好好。

再分享一個特別旅程，更是強力充電機。就是去參與國際援助或慈善活動，有許多人參與了國際賑災的志工活動回來後，都直說身、心、靈得到了很大的能量和啟發，這也是很難得的經驗之旅，不只開拓了自己的視野，還跟受災地區的民眾結了好緣，可說是頂級的心靈之旅呢！

第五步。走出浴池，深呼吸，吐納換好氣。

問題：自己最期待聽到的三句讚美？還有最不想聽到的話？

有一些話，我們很期待能從別人口中聽到，得到肯定也得到讚美的感覺真好，但有時候偏偏事與願違，那些最想得到的美妙話語，有時越是期待越得不到。「他們總是看不到我的努力和付出，只會挑剔我的缺點……」應該不陌生吧?!

心柔軟了，也讓身心都放鬆之後，現在要準備穿上衣服出關了，問問自己：你渴望得到的鼓勵和讚嘆是什麼？

你的「期待」，曾經由你口中說出，去鼓勵別人嗎？

再問問自己，我每天面對一件事、面對一個人時，我看到的是他的好？還是他的缺點和問題呢？我能夠給予別人鼓勵，如同我所期待得到的嗎？我能避免用會傷害我的言語去責難別人嗎？

我不知道大家的答案。但是我從記錄很多人的生命故事中得到的心得是，越是善用「正念」和「正向言語」給予的人，通常人緣特別好，不要說貴人多，就連得到的回饋也會特別多。至於那些喜歡計較、比較「為什麼要我先對他好？不能他先對我好？」「我幹嘛讚美他？他也沒跟我說過好話……」這樣的人，通常個性比較刻薄，福也比較薄，戲劇中很多孤老窮困者，多是以此類性格為原型來延伸塑造的。

所以，我們可以一起來做一個練習，把你最想聽到的三句讚美，在今天分享出去，送給我們身邊的人。而那句我們很不想聽的話，可不可以跟自己打個勾勾，不要用它來傷害別人。

為什麼要這樣提醒，這是個很奇怪的現象，通常我們越不喜歡或越抗拒的人事物，其實越會吸引他靠近你，當然這也是前些時候暢銷一時的《秘密》一書所提醒的，這在現實中屢見不鮮。曾經，我製作過一個故事，母親遭父親遺棄，所以從小虐待他，而他對母親的恨，讓他極想逃離母親自己成家，但弔詭的是，他所娶的老婆，雖然外表看來柔順，但骨子裡的個性竟然跟母親極為相像。事後想想，他也苦笑，人生怎會這樣安排？

「因為你沒有真的把母親傷害你的記憶放下，而是選擇『逃離』作為『反抗』的手段。越是帶著恨意的逃離，這意識越會跟你緊緊相依，自然逃不出……」他聽了沉默不語。然後說了一個經驗，有一回，妻子巧合地說了一句以前母親曾經咒罵過他的話，他知道妻子不是故意的，但是當下

的他完全控制不了自己，竟然對她施暴。這衝突讓兩個人的婚姻遇到前所未有的危機，至今難平。

清官難斷家務事。但既然他願意分享了，我也不能沒反應，那時只好問他，這個家、這段婚姻還想不想要？

「當然要呀！」

「那就從自己的改變做起吧！不要跟太太計較她要改變多少，先從你能做的做起。能不能給太太多一點鼓勵和讚美？那些過去你很難從母親身上得到的愛，不要去期待妻子應該給你，嘗試由你來給予好嗎？」他愣了一下，困惑的看著我，大概以為我站在妻子那邊吧！我又繼續說，「能不能也試著把對母親的恨意轉化，想想母親也是被父親傷害，才心生怨恨，現在媽媽老了，也試著去幫她走出悲情，走出怨念吧！當你可以善解母親時，她才有機會放下過去的傷痕，或許你們才真的能自由……當然，你也會發現妻子的好，而不是母親的化身……」聽完，他沉思了一會兒，點點頭。

我很喜歡這個練習，把能夠讓自己有幸福感的三句話，轉化成為你能給予他人的三道「愛的能量」！這是很好的練習，千萬不要只是沉溺在渴望聽到別人對我說好話，愛我對我好，而忽略了給予，通常「渴望」映照的只是內心的缺口！而無法為你帶來任何好處。

把這練習轉化成三道幸福的光，由你去發散，溫暖身邊的人吧！相信最後它才有可能圓滿你的幸福。

第六步。喝杯茶，再出發。

別擔心，這一步不考問題了，直接奉上一杯湯，很補的一杯好湯，適合天天喝，時時補充心靈能量，就是慈濟的四神湯：知足、感恩、善解、包容。我很受用，提醒自己知足常樂，感恩最美，這是輕安自在的好方子，對待身邊的人事物，常懷善解、包容，則是圓滿人際、結好人緣的妙法。這帖茶湯不貴但無價，由你的心來決定它的價值。

飲用後通體舒暢很棒吧！不過還是要叮嚀一下，可千萬別用錯了方向喔！曾經遇過一位朋友，老說別人不懂感恩，沒有感恩心，又說自己經常被誤解，他心很好，只是說話大聲了點，別人怎不能善解呢？於是，經常見他就是氣呼呼的表情，臉上滿是嫌惡。當然他人緣也不好，周邊的夥伴提到他就無奈。而我知道後實在太雞婆了，忍不住跟他說，你四神湯的喝法是不是喝錯了？藥效會相反喔！他一臉錯愕。

「要別人懂得知足—不要對我要求太多。要別人存有感恩心—懂得感恩『我』！要別人善解—別跟我太計較。要別人懂得包容—我就是這脾氣，我心地還是很善良。」這樣的負面操作，是顛倒智慧，只會折損了自己。看到這兒，你在笑嗎？想說怎會有人這樣？就是有呀！人在糊塗境界時，顛倒是非的思考和行為真是屢見不鮮。所以，一念一行，真要戒之、慎之呢！

泡泡這心靈澡堂，有沒有讓你跟自己稍微熟悉一些了？或許還沒理出頭緒，或許還沒找到解方，或許還在洗洗刷刷的努力中，至少願意探索自己是件好事。人終究都要面對自己，不能做到天天擦拭打蠟，至少也要記得定期維修，千萬不要讓鏽蝕滲透，等到陷落崩塌時，可就麻煩大了。

06 心靈好手

面對「我」時，接納自己！給自己有機會變得更好！並且還能幫助別人一起好！這是一門大功課。

當我決定要練習以「一切都是好因緣」的信念，來面對接下來的旅程時，才發現真不容易，要在逆境中不瞋、不怨，還能微笑以對，這功夫有時比考驗本身更具挑戰性。但幸運的是，這時我走進了口足畫家謝坤山的世界，他讓我有了很好的練習。

要把口足畫家謝坤山的故事拍成電視劇，是一個大難題。原因無他，就是他在十六歲時誤觸高壓電，造成身體嚴重殘缺，失去一條腿，另一隻腳的腳掌部分也受傷，趾頭全黏在一塊還彎曲了，至於雙手的部分，只留住了右手上臂十五公分，其他全部都因為觸電的傷害而切除了。更糟的是，他後來去念補校時，有一次為了要把散掉的書頁裝訂起來，又不小心讓一隻眼睛受傷，導致右眼失明。

這樣的主角，寫故事難不倒我，但是戲劇呈現的演出該怎麼辦呢？誰有辦法演出這個角色？這不是眼神，或揣摩演技的問題，而是肢體的呈現。就戲劇製作來說，多出來的東西好處理，要減少的部分就有難度了，藏一隻腳或許還可以用鏡頭、道具遮掩，但是像謝坤山這樣少了那麼多部分，根本就是沒辦法。於是，只剩下一招，就是謝坤山來演他自己。

這挑戰，雖然謝坤山本人答應了，但我仍然非常惶恐，甚至直接問了證嚴上人，為什麼大愛台一定要拍謝坤山的故事？師父的答案不意外，因為謝坤山雖然遭遇了這麼大的傷害，但是他的正念、毅力和勇氣，卻讓自己不只活了下來，更用畫筆走出了一片天地，這對時下許多年輕人不知為何活著、找不到目標，甚至許多受到挫折而想放棄自己的人來說，無疑是一個最激勵人心的故事。面對這強有力的理由，我沒得討價還價，只能期許自己用專業來克服。

還記得第一次見到謝坤山時，他就是滿臉笑容的跟我打招呼，開場白也不囉唆，直接切入主題：

「導演，你知道我為什麼會願意演出自己的故事嗎？因為幾乎大家看到我的時候，都覺得我很可憐，他們都只看到了我沒有手沒有腳。只有一個人不一樣，就是上人，我到醫院當志工時，他看到我的第一眼就跟我說：『你真不簡單，別人有手有腳，你卻是有好手好腳！』當下我聽不懂，還以為師父在開我玩笑，沒想到上人馬上就解釋，有手有腳不一定是好手好腳，手要做好事才是好手，腳要走好路、走對路才是好腳。所以，他說我有好手好腳，這是第一次有人這樣說我，我很感動！對我是很大的鼓勵……所以我也願意把我的故事分享給大家！」我聽著，點點頭。可以理解。

坦白說，遇見謝坤山之前，我拍過不少殘障朋友，但像他這麼樂觀滿面笑容的人，還真是不多。於是我也說服自己「一切都是好因緣」，接受挑戰吧！

但開始籌備後，才發現要重現真人故事是個很複雜的問題，尤其要真人演出更是高難度。那段時間，我經常眉頭深鎖（身邊工作人員觀察的），煩惱著大大小小的人和事，雖然一再告訴自己：沒問題！一定可以完成。但心底總有些不踏實！事後想想，或許當時難的不是謝坤山的身體，真正難得的是他的心靈，這樣的生命撞擊，是我不曾體會過的「沉重」，而他總是一派輕鬆，這讓我很沒把握。

記得有一回在慈濟台北分會，我一邊看著劇本，一邊吃著便當，工作時經常吃飯都是不專心的，食不知味的狀況是常態，就連謝坤山已經走到我身邊都沒察覺。

「導演，你不要那麼嚴肅，笑一下會有助消化喔！」他露出一貫的笑容，輕易地點出我的問題。

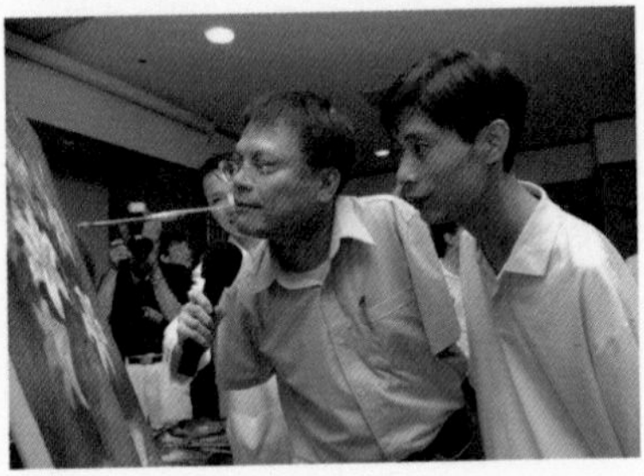

「我笑不出來啦！現在滿腦子都是你的故事……」看著謝坤山的一派輕鬆，我不禁生起一陣困惑。「謝坤山，你怎麼能夠一直保持著笑容？你不會覺得累？不會覺得人生有很多挫折嗎？」

謝坤山想想，給了我一個很堅定的回答：「你知道為什麼我能笑得出來？而你們經常笑不出來嗎？」

我不懂。

「因為你們擁有太多了，所以都只看到自己失去、得不到的東西；而我，因為失去太多了，所以我都只看我所擁有的。就像這隻可愛的小手，多棒！感謝老天還留了這段小手臂給我，你看（他揮舞著僅存的手臂，開心的很），多可愛！讓我還可以做很多事。」

因爲你們擁有太多了，所以都只看到自己得不到的東西；而我，因爲失去太多了，所以我都只看我所擁有的部分。

這段話，當下就打到我了。是呀，我怎麼從來沒用這觀點想過事情呢？

以前有一則小寓言很流行，有個人在街上要買東西時，突然發現身上只剩下一塊錢，他會怎麼反應？

悲觀的人會說：慘了！怎麼只剩一塊錢。

樂觀的人會說：太好了！幸好還有一塊錢。

我想大多數人，會是前者，而生命的焠鍊讓謝坤山是後者。

了解謝坤山的生命歷程，發現他有太多機會可以選擇放棄，每一個十字路口的抉擇都是大考驗，顯然他都選擇了面對，而且是正向地接納，並非正面迎戰。這差別在哪兒呢？很多人願意接受命運的考驗，但心念卻仍然有差別，想要正面迎戰、擊倒厄運的人，心頭的那念拼搏，多少還是藏著一些憤怒和不平；而選擇正面接納的人，則是多了份愛與善意，這並非消極的向命運低頭，反倒是在愛自己、珍惜自己的同時，也對他人抱持善意。就如同他在剛受傷時，父親看他就是一個廢人，四肢不全的年輕人還能做什麼？要活下去，就只能去乞討吧！這父親沒受過教育，平日也是以打零工、沿街賣麻糬為生，他對謝坤山的未來十分悲觀，但他相信孩子這麼嚴重的傷殘，一定可以得到很多同情，去街上乞討肯定不會餓死。但是謝坤山自己卻不願意接受這樣的結果，他想要有不一樣的人生，他想要走出另外一條路。我還記得他說過，剛受傷時，的確想要輕生，但卻連自殺的能力都沒有，試想一個人殘了手腳，被固定在病床上治療，連最基本的行動能力都沒有了。

「那段在醫院的日子，唯一支持我活下去的力量就是媽媽，每次當我醒來，幾乎都看到媽媽在我病床邊陪我，媽媽的眼淚沒停過，就算有其他親友來探病時，苦勸母親放棄我，我都聽見母親以從未有的強悍告訴他們，『這孩子我一定要救起來，只要他還會喊我一聲媽，我就絕對不放棄。』」這句話讓謝坤山在心底下了一個決定：我一定要好好活下來！

畫畫，是謝坤山想要走出去的路。當時，他知道自己要活下去，一定要有能力養活自己，既然不想去乞討，就必須讓自己擁有一技之長，但家裡經濟窘困，連他自己也是國中畢業就得出外工作，根本沒有升學的機會，那時跟父親提出要去學畫，希望未來能在街頭幫人家畫肖像畫維生，父親一聽立刻拒絕了，覺得一個殘障的畫家在外面擺攤能賺多少錢？還是乞討來得容易。

但是謝坤山並沒有屈服在這困境中，他沒錢找老師學畫，乾脆想辦法在家中找「人像」來練習，在那個年代，最常見的就是蔣公和國父的頭像了，尤其這兩位大人物在錢幣和鈔票上都會出現。這就是謝坤山學畫的第一步。

至於畫筆和畫紙呢？畫紙可以用日曆紙，但畫筆總要花錢買吧！於是他經常利用家人洗好澡後，爬到浴室，想辦法從每個人的換洗衣物中，碰運氣的抖落一些零錢銅板，然後慢慢存下來。戲劇拍到這段時（受傷前，和受傷前期這個角色還是由一位年輕演員飾演），雙手和單腳都被捆綁的演員問我，該怎麼撿錢呀？謝坤山的技巧是什麼？

我和攝影師走到了演員身邊，在那間擁擠的老舊浴室裡，浴缸還貼著水滴型的小馬賽克，地上則是充滿陳年黑垢，我們想著如何重現當年的困境……其實答案很簡單，就是——

爬。

摔。

用嘴巴咬起地上的銅板。

然後再爬回房間。

年輕演員表情凝重，因為當一個人手腳四肢被綁起了三肢後，其實很大的困難是重心會很不穩，尤其要安全的蹲下去根本是不太可能做到的動作，只能用摔的。謝坤山當年也是如此。

「導演，攝影大哥，我會努力，請大家幫忙一次ＯＫ！」我點點頭。

果真那顆鏡頭一次ＯＫ，演員完全投入，就在摔落的那瞬間，我聽見膝關節重重的撞擊瓷磚的聲音，心頭一陣不捨，但就是這樣……對了！那一摔，演員黑青了好久。其實，就連銅板平躺在地板上，不能用手撿，而必須用嘴去咬拾這件事，也是很辛苦的動作。

不相信？不妨自己試試。

好幾次對外演講時，我讓年輕人當場試驗，一開始上台的人都信誓旦旦，直說沒問題，試了才知道，哇！好難耶。

其實，難的豈止這項，就連謝坤山練習削鉛筆這一幕，也折騰了我們一晚。當一個人，只有十五公分的小手，和一張嘴，如何能用一把最便宜的超級小鋼刀削鉛筆呢？真實生活中，他練習了好多天才成功，最後削出了一片片宛如小扁舟的木屑。而我們必須在幾顆鏡頭中，讓這過程完成。失敗的畫面好拍，因為我們完全不懂他是如何成功的，所有失敗的經驗，就是演員第一次的經驗。但接下來麻煩大了，如何成功呢？

演員試了試，就是用小手壓住鉛筆，用嘴咬小刀呀！但這角度怎麼嘗試就是兩道平行線，根本沒法傷到鉛筆一絲一毫，更遑論那漂亮的扁舟木屑。我貪心的希望演員一定要有一次一鏡完成這動作，但眾人研究了好久，發現實在很困難。於是，我只好打了通電話給謝坤山，你是怎麼做到的？

「很簡單啦！你叫那演員，咬著鋼刀練習三天，把鋼刀的刀柄咬彎了，那個角度就出來了。當時，我可是嘴巴破了好幾個洞，一邊削鉛筆一邊流血……那時候我很清楚，如果我沒辦法突破這個困境，我就沒法子繼續畫畫……」一如平常，謝坤山說起這段經驗，還是談笑風生。

掛上電話，我告訴大家這過程，演員眼睛瞪得好大，一臉擔憂。當然，這是拍戲，我們可以有捷徑，請道具組多準備幾隻小刀，用小鐵鎚敲出不同的彎度和齒痕，請化妝師為演員在嘴角抹上幾道血痕，再幫演員在額頭上噴上汗珠，就大功告成了。但我心裡知道，這「真實」的小片段，是需要好大的毅力和勇氣、淚水和痛楚才能跨越的，而且現實中，是毫無捷徑的可能。

既然「好好活下去」是一個決定。那就必須面對它，抱怨和沮喪不能解決任何問題，所以必須給自己找到一種更好的生命態度去面對。

「不看我所失去的，只看我所擁有的。」這是一個非常好的轉念功夫。謝坤山如此奉行著，讓自己一關一關的超越。

在拍攝過程中，謝坤山因為過度勞累，左眼一度出血，這讓我嚇壞了，他已經右眼失明，如果再因為任何意外而失去左眼，那該怎麼辦？還記得當時拍片時，他的妻子列印給他的劇本都必須放大到30級字，而且有一陣子，他看東西都已經變形……這是觀眾在螢光幕上看不到的辛苦。因此，為了減輕他的負擔，我也必須妥協，盡量減少打燈光和切換鏡頭的次數，多用自然光，並且善用軌道和走位，讓許多場戲盡可能一鏡到底。

那時候的壓力，現在回想起來都覺得可怕。

後來，他的眼疾終於慢慢改善了。有一天，他跟我聊天時說到，「其實前陣子左眼出了問題時，我曾經想過如果左眼失明了，我會怎麼樣？」我很驚訝他主動的提起。

「我想，如果這事情真的發生了，最嚴重的是我看不見了，如何畫畫？但我想想：我不會被打敗，我相信只要我還保有心的清澈，一定還能繼續走下去。」他這番話，當時讓我聽了不禁濕了眼眶。他在演講中，經

常自我調侃，失去了一隻眼睛，正好讓自己「睜一隻眼，閉一隻眼」，他只希望自己現在睜開的這隻眼睛，正好能讓他看到世界的美麗。但我沒想過，如果連唯一的左眼都要失去，這人生該怎麼走下去？

謝坤山的妻子曾經跟我聊到，她很不喜歡別人用「犧牲」的說辭來看待她的選擇和他們的婚姻。她很不願意被稱作是一個很了不起、或是很偉大的女人，只因為她先生是謝坤山，而她必須照顧他。

「其實大家會這麼說，是因為他們只看到了謝坤山的殘缺，和我的身體健全，卻忽略了在心靈上，他給予我的遠超過我在生活上能幫助他的部分。」以真的這番話，在我剛接觸謝坤山時，不是那麼的理解，但在拍攝後期，大家朝夕相處幾個月後，我真的能慢慢體會她的感受了。

有一回，在東北海岸鼻頭角附近，拍攝謝坤山海邊寫生。那一天太陽很大，等著攝影師架機器時，我們一群人都躲到了路邊架設的大洋傘下，只有謝坤山一個人竟然走到了海邊的大岩塊上，望著大海。我要助理去請他過來，免得曬暈了。

沒想到助理一個人走回來，「導演，謝坤山說他想看海。」

喔！那麼熱耶。

我轉頭看著他站在岩礁上的背影，海天一色，唯一的風景，就是他一個沒了雙手的身影矗立在那兒，我忍不住只好自己走過去。

走到他身邊，看他凝望著大海心情很好，「不熱嗎？怎麼不到旁邊休息？」

「導演妳知道嗎？我覺得我是全世界最富有的人！」

「啊?!」

「我覺得我好富有，妳看這片海好大好美，凡我所見皆我所有！妳說，我是不是最富有的人？」

「凡我所見，皆我所有？」

「是呀！平常人要看這麼棒的海，要存錢、要排休假、要搭飛機，而我現在就擁有這一切，在這裡眼前這一切都是我的，多棒！」

我望著謝坤山，此刻答不上一句話，平常都說愛海，但從來沒這樣的心情看過海、想過海，我順著他的眼神，看向前方一片湛藍波光，藍色中又有深淺濃淡，涵融浩瀚的壯闊真的很美，但此刻更美的是他的心境吧！

一切都是好因緣。有一句靜思語提到過，「人在順境時要有無常觀，在逆境時要有因果觀。」我很喜歡這句話的提醒。順境時，我們經常不懂得珍惜，多是狂妄自大不可一世，遇到了逆境時，又老是怨天怨地怨父母，這一來一往，結果通常很慘，苦苦相逼。若我們能感恩順境得來不易，而更惜緣惜福；遇逆境時，懂得反省警惕自己，想想，人生的劇本自己寫的，再不如意，總是拼一個及格，善了圓滿。若此時反而傷害別人，傷害自己，那逆境恐怕會沒完沒了的纏繞，苦惱了自己。

謝坤山的故事，後來片名取了《心靈好手》，我也獲益良多。

事隔一年後，有一次在慈濟醫院又遇到了謝坤山，他來當志工，而我正在記錄急診室的故事。他一見面，便開心的吆喝著：「蕭導，我們再來拍續集好不好？」

「啊？續集，你不怕吃苦呀！」

「那只是小意思啦！不算苦，我們戲劇播出後，好多迴響，有人寫信給我，上禮拜有一封信，是個國中男生寄來的，你一定要看，我們救了他一命耶！」

「你不要說得那麼誇張好不好！」

「真的啦！他爸媽離婚，又遇到學校的困擾，本來想要輕生，甚至已經買好木炭準備要自殺，結果回到家打開電視，看到《心靈好手》，他嚇了一跳！怎麼有人比他還慘，而且真的沒手沒腳，還能畫畫！（謝坤山邊說，可愛的小手還邊比劃著，十分逗趣）這個故事吸引了他的注意，讓他一連看了三天。後來，他決定要好好活下來了！你說，我們算不算是救了人？」

我聽得認真，說實在也真是感動。一切都是好因緣，不是嗎？

07 生死美學

生從何來？死從何去？這不只是生死課題，也衍伸出了宗教和哲學的探究。在既定的社會化意識中，生是充滿希望和喜悅，而死亡卻讓人害怕，雖然佛教因為相信輪迴，而稱死亡為往生，但仍無法消弭大眾對於死亡的恐懼。尤其在東方社會，所有能跟死亡沾上邊的東西，不管是具象的物品，還是抽象的符號，全都可以成為禁忌。就連參加追思喪禮前，許多母親也會叮嚀孩子在口袋裡放兩片榕樹葉，結束儀式回家時，比較講究的還要用艾草抹身，擔心將晦氣帶進門。

我們曾經拍過一位師姐的故事，她先生當警察，只要今天處理過傷亡事件，回家進門前就一定要淨身，不然不給進家門，這禁忌造成夫妻間很大的爭執，直到後來師姐有了正知的佛教信仰後，十分懺悔，直說：當時真是迷信到了極點，反而忽略了先生的疲累和對工作的努力，想起來真後悔。

其實就連在戲劇中要是演到了死亡的情節，除非是包裹上強烈的愛恨情仇外衣，要不都是一般電視台的收視禁忌，更遑論出現靈堂、太平間、助念室，那真是忌諱，許多婆婆媽媽們是直接轉台或撇過頭去，當然收視也就溜滑梯了。而這主題就連放在電影作品中，也是令人擔心，就好比當年日本的電影《送行者》若非國外先得了獎，原來台灣發行的片商也會擔心市場接納度，而遲遲不敢發片。

說了這許多關於死亡的忌諱，但最弔詭的其實是，不管你如何迴避，最終每個人還是得親自走一回，沒有任何人能例外。或許這諸多禁忌的根源，還是來自貪生怕死的本性，人因為自己害怕死亡，所以便避諱所有來自死亡的訊息。但有句話說，「人之將死其言也善」，年輕時聽長輩說，很無感。直到開始拍紀錄片，後來又有機會到醫院當志工後，才慢慢體會到，這句話真是一針見血。不管他曾是不可一世的大將軍，還是窮途末路的小工，抑或是一生奉獻給家庭的媽媽，彷彿人總在最後即將要放手的時候，思緒會變得格外清澈，不再為外物所干擾，或者說想執著也無處可貪戀了，回想人生數十載風華即將如夢幻泡影消逝時，這時的感慨或體悟最是清明。

「人最終的覺悟」這議題，在西方社會中也是如此體會。上電影美學課程，談到經典電影《大國民》時，總會問學生，影片一開始，媒體大亨死前的遺言「Rosebug（玫瑰花蕾）」是什麼含義？這部片開場就丟出這一個單字的謎團，推動著整部電影往前進，大家都在尋找玫瑰花蕾的答案，終於在影片最後出現了解答，不是寶藏密碼，不是愛人暱稱，不是珍貴收藏，而是他兒時的雪橇，它象徵的是這位大亨內心的孤獨，是童年失去親情的創傷和遺憾。就算他非常富有，擁有了大城堡、媒體王國，但最後死前的遺言竟然是Rosebug，片中很多人不解，但許多銀幕外的觀眾一定懂導演的意涵。我們最後的眷戀，絕對不是那些帶不走搬不動的財富，而是愛。

有一回，我要到香港演講，是下午兩點的約，於是在臺北搭上午的班機，預計中午前到達，還可以從容吃個飯、喝杯咖啡再赴約。沒想到飛機飛到一半，大概飛了四十分鐘後，突然大轉彎，原本睡意正濃的我，被身旁乘客的討論聲吵醒……

「飛機怎麼掉頭了？」

「對啊！這螢幕是不是壞了？」

「不是呀！真的轉彎了，怎麼回事呀？」

我吃力地睜開眼，看看眼前的飛行示意圖，真的是一百八十度轉彎耶！剎時立刻驚醒，想弄清楚狀況，就在大家都左張右望時，機上廣播開始說話了：目前這架飛機因為發生機械故障，所以我們必須立刻折返，請乘客坐在座位上，扣好安全帶……

機械故障?!在一萬多呎的高空，天呀！我當下真有點嚇壞了，還來不及想這可能是什麼危機時，就立刻感受到飛機正在加速，機頭微微往下的

方向，真的是加速飛行，我們每個乘客都感受到了，機身與冷空氣高速摩擦產生的呼嘯聲。就在這時機艙的燈突然關掉，原本瀰漫在機艙裡窸窸窣窣的交談聲，瞬間鴉雀無聲，安靜成為一種壓迫。

「不會有問題吧！我下午還有演講，我現在快四十歲，我還有很多事要做……我爸媽年紀大了，需要我照顧，不會有事吧！……」我竟然也開始慌張了，飛機越飛越快……

我脫下手腕上的念珠，開始撥動珠子念佛號，當下是真害怕的，雖然我心裡相信，「不是現在！」但恐懼依然如波浪般湧上。我開始問自己，如果是現在無常現前，那會怎樣？

「應該該做的都做了吧！但菩薩呀！再讓我多做一些吧……」

飛機平安降落桃園中正機場，從機上廣播到降落不到二十分鐘，想想轉彎前飛了四十分鐘，這還真的是飆機回來的！好險。

但一落地其實就沒空害怕了，因為有更重要的事要忙。我一出空橋立刻衝到小櫃檯，要求趕最近的班機到香港，地勤人員本來還說下午兩點有一班可以安排，我告訴他我兩點有演講，已經迫在眉睫了，拜託他想辦法，換其他航空公司也行。另一方面也得趕緊打電話給香港的志工，他們一接到電話，很是驚喜說：「導演，你飛機怎麼提早到了，平常都只有延誤，怎麼會提早這麼多呀？我們還在半路，你要等我們呀！真不好意思……」

「不是呀！飛機壞了！現在我人又飛回台灣了。」話筒那方一聽這訊息，立刻傳來驚嚇聲，「妳一定要趕來呀！三百多人會來耶……」我知道呀！我也正在想辦法呢！

終於在我軟硬兼施的拜託航空公司之下，順利搭上一架正要起飛的班機，顧不得行李還在壞掉的飛機上，發揮跑百米的精神，一路狂奔從A到D，登上飛機時，全機的人都盯著我看，顯然因為我而讓大家延誤了十分鐘。我強壓呼吸，雖然感覺心臟都快蹦出來了。才扣好安全帶，飛機就起飛了。

那天抵達演講會場，是一點五十五分。

有時還是會忍不住想，如果無常要來，真的半點不由人。那段時間經常四處奔波，不只天上飛，同事們笑我應該跟台鐵申請ＶＩＰ，因為也經常繞著台灣跑透透，是標準的鐵路客。但怎麼也沒想到，就在那段時間裡，一次晚上從花蓮回臺北的路上，火車才出花蓮站不久，突然就聽到急促的鳴笛聲，原本已經調整好姿勢打算補眠的我，又被驚醒，結果還沒來得及起身，火車就開始緊急煞車，鳴笛聲也持續長聲，頗為嚇人。大家還來不及弄清楚發生什麼事，火車就開始劇烈震動，嚇得車廂裡好多人驚叫連連，剛好我坐的位置在第二車前方，很靠近車頭，震動很大，好像車子撞上了一堆石頭，感覺得出車底有很大的撞擊。

車子終於停了下來，結果不是有人惡作劇在鐵軌上堆石頭，而是有人臥軌。

隔天報紙上有一小則報導，那是一位中年原住民婦女，遇到婚姻和經濟上的困境，喝了酒之後尋短。火車司機鳴笛時，那婦人還回頭看了一眼才趴下。生命就在瞬間崩解。放下報紙，我忍不住想，那個生命真的沒有其他選擇嗎？

那段時間，好幾個不同生死故事的交錯，很是震撼。不禁讓我想起，曾經在慈濟醫院裡遇到一位志工，她原是香港的企業家，賺了很多錢，生活優渥，但一直找不到生活的重心，後來在朋友的牽引下，開始了解慈濟，也皈依證嚴上人，同時投入志工行列。對於有災難發生時，捐錢助人她很慷慨，也充分展露出事業上女強人豪邁的一面。但沒想到，就在一切的生活都越來越好的情況下，發現罹患了乳癌。

治療期間，好幾次聽她懊悔的說，自己過去真的太不珍惜生命了，沒有及時好好把握人生，多做一些幫助人的事，現在十分後悔。她說，過去的自己，錢賺得多只想著要如何慰勞自己，如何享受人生，她還曾經為了吃一頓新鮮的海鮮大餐，搭機飛到法國，吃完飯再飛回香港。出入都是五星級飯店，只吃飯店最有機、最頂級的食物，她不相信她會罹癌，但現實就是如此，不管她接不接受。

一直到有一次開完刀後，她才突然徹悟，在上人面前哭泣懺悔，那

次剛好我在現場，聽了十分震撼。她說，自己剛生病時，其實都很不能接受，想想自己也沒有做什麼壞事，厄運不該降臨在她身上，尤其她很注重養生呀！吃好生活好怎會生病呢？後來，癌症轉移開了大刀，整個身體側面從乳房到腹腔劃開了好大一個傷口。有一天沐浴後，看到了鏡中的自己，簡直嚇壞了！好像魚被宰殺時，腹部被切開的刀痕，當下痛哭，想起自己愛吃海鮮，每次都要飯店送上新鮮活魚讓她挑選，然後現殺現煮，現在她說自己就像一條被宰割的魚。但她開刀時還有人照顧，可以打嗎啡止痛，那魚卻只能垂死掙扎。過去她面對這些喪生在她口慾之下的動物沒有任何感覺，現在才知道自己傷害了好多生命，實在要慚愧要懺悔。

最後，生命接近尾聲時，她做了決定，要把身體捐出來，提供給醫學生當大體老師。她說，這是她能為自己做的最好決定。上人知道了很欣慰，接著又鼓勵她，大體老師無聲說法，是無語良師，而她現在還能說，也能分享，怎麼不到學校跟同學們分享生命經驗呢？這是更好的教育和啟蒙。當下，她毫不猶豫答應了。

我還記得，癌末的她非常虛弱，止痛劑和止吐針最多只能維持一小時，她為了能到學校演講，撐著病體，算好時間，在上台前打了針，撐住了身子，和學生們侃侃談生死。最後她叮嚀學生，「我是生前託付，我這身體請你們好好用，怎麼切、怎麼割都沒關係，你們要好好學習，不要怕我痛、怕我難過，只要記得以後到了醫院一定要當好醫師，那我就沒有遺憾了……」那是一堂很成功、很動人的生命教育課。

古人談生死，有重如泰山，有輕如鴻毛，那種英雄豪氣的感慨，不是現代社會的味道。但面對死生之間的態度與試煉，卻是絲毫不減的。過去，我也害怕面對死亡，因為那不只代表身體時鐘的停止，肉身的結束，更是情感上的失去，不捨與思念的啟動，更是對死從何去這未知的極大恐懼。直到學佛後，才開始慢慢的學習，認識死亡。尤其我很驚訝，許多慈濟人面對生死的態度，就如同上述的寶釵師姐般，坦然無礙，她不怕嗎？把身體捐給醫學生在解剖檯上百刀、千刀的練習，她沒罣礙嗎？我認識一位媒體主管，他說他沒辦法簽大體捐贈同意書，問他為什麼？

他說，「受不了死了還要光溜溜的被大家觀看，被大家切割！」「你死了都沒知覺了，難不成還有害羞這味兒留在身上？」「說妳聰明又糊塗，死了當然沒感覺，但是簽同意書的時候，我是清醒的呀！」呵呵，雖然這理由聽了好笑，但卻也道出一個事實，面對死亡真不容易。

在我剛接觸大體捐贈時，那時候台灣只有慈濟這麼稱呼捐贈遺體為「大體老師」、「無語良師」，而現在幾乎成了大家通用的名詞。佛法中相信輪迴的存在，每一個人生的來去只是分段生死，只是生命長流中一個因緣的聚合，並非絕對的誕生與湮滅。但是情感上的放下與超越，才是每個人都必須去通過的難關，如果沒有真的參透這生死因緣，沒有全然的明白理解：我知道我要去哪！要能無罣無礙的微笑撒手，並且說出「我會快去快回，別擔心！」這豈是容易之事？

在這群志工身上，我看到了許多「大捨」精神的示現。對我來說，真是上了很珍貴的一堂生死課，這種生前盡心盡力、面對無常來臨時生死自在的情懷，已堪稱「生死美學」。

丘醫師的故事，是我在製作真實人生戲劇經驗中，很難忘的一個故事。她當時是關山慈濟醫院的醫師，長年投入偏遠部落的巡迴醫療工作，她的付出讓當地的原住民，從一開始懷疑「怎麼會有人對我們這麼好？幫我們看病，還會幫我們買藥……沒有錢還會幫我們繳健保費？」

甚至還有人說，「這個佛教的醫師怎麼會來幫助我們？」當地居民大多信奉天主教或基督教；但是到後來，他們看到丘醫師時不再稱呼她「醫師」，而是喊她「China」（布農族語媽媽）。我很好奇，什麼樣的守護？可以讓部落的居民覺得妳像母親一樣來照顧他們，那是多麼大的力量和愛！

丘昭蓉醫師，是緬甸的華僑，小時候跟著家人一起逃難輾轉來到台灣。她說，自己的身份和背景，讓她對少數族群的問題特別關注，因此當

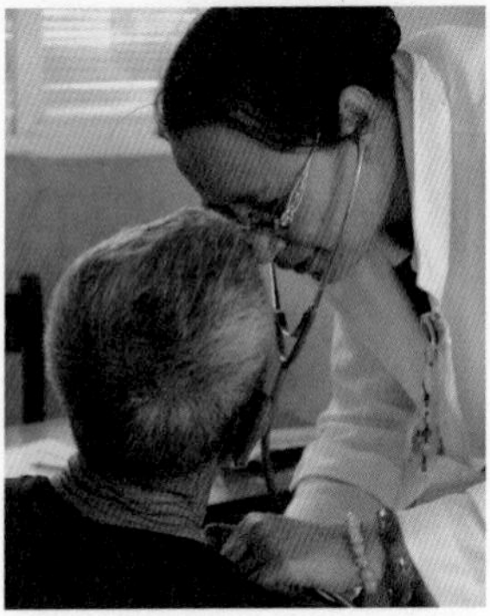

上醫師後，她很想到台灣東部為原住民服務，因此主動來到花蓮慈濟醫院，後來又到關山慈濟醫院，原因無他，因為台東更缺醫師，於是她就自願請調。經常聽志工們說起她的故事，但真正接觸是因為她罹患了肝癌，在她五十一歲那年，上人提醒我，她的故事要快做！不要錯過了。於是，我們展開了採訪，那時彷彿在跟時間賽跑。

眼看著她的身體越來越虛弱，我們也很著急，但每次見她在病榻前卻總是異常的平靜，甚至說話時還非常的細心體貼，至今仍是我見過最和善、最溫柔的病人。她雖然這樣的坦然面對，但對要活下來的求生意志是非常的強烈，她自己也是醫師，所以知道這時候所要做的就是相信醫師，「上人說，生病了我們就要把心交給菩薩，把身體交給醫師。」她說話慢慢的，卻是非常堅定。「其實生、老、病、死每個人都會經歷，只是現在輪到我了，我是醫師也是人，也會生病的，這都是沒辦法的。」

但也因為她是醫師，大家總會問怎麼沒有及早發現？怎會拖到現在已是末期？我們了解後才知道，她是B肝帶原，過去雖然工作勞累，但都控制得很好，一直到她在台灣唯一的親人突然意外車禍往生，她的情緒才受到了刺激，而忽略了身體的警訊。

失去大姐的丘醫師，非常傷心，但工作繁重讓她又不能懈怠，只好壓抑住自己的悲傷，堅守崗位。可惜的是，她沒有讓情緒有出口，而讓悲傷在體內悶燒。她曾形容過自己當時的狀況，為了能從喪姐的感傷中清醒，每天在門診或到部落往診能好好工作，她甚至生吃小辣椒，經常吃著吃著一盒小辣椒就吃完了，我們聽了相當驚訝！她苦笑，當時的疏忽和大意，現在這苦要自己受了。

生病後，丘醫師接受所有的治療，唯一提出的願望是，請關山慈濟醫院為她保留診間，「等治療告一段落，癌細胞控制住了，我還要回去繼續看診，我還有好多病人，我是醫師，這是我的任務，請你們一定要幫我保留我的診間，我一定會回去的。」

但這個願望，在做完化療療程後，並沒有實現，腫瘤彌漫性的擴散。她雖然失望，但這時她不埋怨也不怪任何人，只是她又許了第二個願望，

「如果我還能出院，希望把人生最後的力氣貢獻給需要醫師的部落，我想去蘭嶼，那裡很缺醫師，我願意去。我願意做到最後一刻……」聽到她這麼說，我們只有更加心疼。這時候才知道，面對一位這麼明白的癌症病人時，我竟然顯得詞窮，安慰和鼓勵的話，顯然這時也不太需要，她比我們還堅強，雖然我讀出她濃濃的孤單和悲傷……

第二個願望，老天又讓她落空了，她沒有機會出院，甚至越來越惡化。幾次去探望她，都見她越來越瘦弱，但卻不見憔悴，就連言詞間都堅定樂觀的讓我驚訝，就像每天她都讓自己保持得乾乾淨淨一樣。「把自己的心照顧好，就是對大家最好的回報。放心，我一定會好起來的。」當時，她總是這麼說，我既是佩服她，又有些不解，她是醫師應該很清楚自己的病情，怎麼能夠那麼樂觀，不畏懼病痛和死亡呢？曾經和她的主治醫師談過，他也驚訝丘醫師的樂觀，也擔心如果真的宣告不治了，她承受得住嗎？

顯然我們都多慮了。她只是越來越累，越來越瘦，對於自己的病情已經不多談了。還記得去探望時，她只覺得自己食慾不好，不想吃東西，很擔心自己的營養不夠、體力不好，問她有特別想吃的東西嗎？

梅子。她說。

我二話不說，趕緊回家把上週一位志工媽媽送我的特大號紫蘇梅整罐帶到醫院。丘醫師開心的笑了。

不久後，正當主治醫師猶豫著該如何告訴她，或許可以考慮住進心蓮病房（安寧病房）時，她有了第三個願望。「我好想念山上部落裡的朋友們，好久沒去看他們了，不知道他們好不好，我好希望有一天能去看大家。如果有那麼一天，我不想穿醫師白袍了，我想要換上志工服，我想穿上八正道（慈濟委員的藍洋裝）……因為我是去看朋友……。」

這第三個願望對丘醫師當時的身體來說，已經是太大的負荷了。大家都不忍心告訴她，生命已經快到終了，但我相信她是知道的。

雖然三個願望都落空了，但我最後一次見她時，她還是說起話來好溫柔，不斷的謝謝大家。這時戲劇性的一刻到來，有一天在睡夢中，她聽到了一股溫暖的歌聲圍繞著她，是布農族的八部合音，那是好朋友們好熟悉的歌聲……

丘醫師緩緩睜開眼睛，沒想到竟然看到山上的原住民朋友來看她了，他們包了遊覽車從台東最南端一路上臺北，為他們的China帶來了祝福和愛。「我們來看妳了！」大家怕驚嚇到她，所以圍繞在床邊輕輕地唱歌給她聽。

丘醫師含著淚，「真好……菩薩有聽到我的祈禱了！」

到了心蓮病房後，丘醫師變得更安靜了，多數時間都在休息，但就在她生日前夕，她卻作出了一個重要的決定，「之前許的願望都沒能實現，但我現在想要送給自己一個五十二歲的生日禮物，這是一個肯定會實現的生日禮物，就是把我捐出去，我要簽大體捐贈同意書。」這個決定，讓大家都掉淚了。她說，能當醫師真好，可以幫助好多人，可惜她沒有時間了，所以最好就是培養更多好醫師，可以實現她的願望，繼續照顧病人。

我知道這消息時，心裡悸動良久，心疼又敬佩！許多醫師經歷過解剖課程，知道大體老師會被學生們練習操刀，或許是心理障礙，讓醫師願意捐大體的人不多，丘醫師的願望，著實讓大家感動。

隔年九月，我打電話給慈濟大學，告訴他們戲劇要播出了。沒想到慈大的老師竟然也告訴我們，「怎麼這麼巧，丘醫師的大體也要在那個時候啟用耶！」一聽完，我久久難以回神，這冥冥之中的巧合，真是不可思議。

現在回想起這段故事，心頭都還是會酸酸的！一個人生命的價值真的不在長度，而是在它的厚度，這些願意在此生終點奉獻自己的無語良師們，他們的風範和大願，讓人感動，不只是法布施，更是無畏施。我經常分享這個故事，包含對年輕學生演講，希望大家在身體健康時好好把握人生，真的遇到無常來時，也祝福大家無怨無礙，一切圓滿！

08 曙光

帶著筆，帶著鏡頭，到處搜集故事，不知道算不算也是一種行腳台灣！若問我最喜歡遊走在哪兒？我很喜歡花蓮、台東的淳樸和簡單。尤其探訪一些原住民朋友，或是一些為自己的理念而到花東駐足的人，他們的單純和熱情，總是可以提醒我要記得打開自己的心窗，讓陽光灑遍，讓大山大海間的微風、氣味、充盈在細胞間，這應該也是很好的心靈氧氣吧！

有一天，在辦公室裡邊處理著一堆雜務，邊翻閱來自各方的人物故事，無意間看到了一篇報導，介紹台東太麻里環保站一位排灣族志工林金花；七十多歲的她活潑熱情，身手完全不輸給年輕人，尤其看到了一段影片，記錄她每天五點多到環保站迎著曙光，邊唱歌邊扭腰做資源回收分類，我笑了！頓時覺得人生其實就這麼簡單呀。金花阿嬤顯然很有能量，讓我當下就想去認識她，拍她的故事。

林金花，部落裡大家叫她Sumiko，年輕時在部落裡就有能幹的好身手，而且是巾幗不讓鬚眉，每次回憶起那段大家上山採金針花的時光，她就得意得很，「我可不是跟女人一組喔！我是跟男人拼的！」

在太麻里，一到了金針花盛開的時節，幾乎部落裡大家都會出來打工，一般女人總是在平緩一點的地方採金針，而金花則是喜歡跟著男人到陡坡去工作，而且還邊唱歌、邊工作速度又快，有人問她：「Sumiko，其他的女人都挑比較簡單的地方採金針，這裡那麼危險，等一下採完妳挑得上去嗎？很重耶！」

「這裡的工錢比較好啊！簡單的地方一斤才一塊錢，這裡一斤兩塊錢，我挑兩趟就贏過那裡好幾趟，當然選這邊。」當時還有男人打賭，不相信金花挑得上山，金花可一點都沒在怕，豪氣的跟大家打賭，結果所

有的男人都輸給了金花，大夥只能豎起大拇指稱讚她，說金花比男人還厲害！

但金花的豪邁和爽朗，並沒有為她帶來婚姻的幸福，父親把她嫁給了一個老兵，當時金花對婚姻和愛情沒概念，就是聽爸爸的話嫁了。沒想到這位伯伯（金花這麼稱呼老公ㄅㄟˊㄅㄟˋ）婚後醋勁很大，禁止金花四處亂跑，限制她的行動，讓金花覺得很不自由，有時她和部落裡的朋友去唱歌晚一點回家，一進門就被伯伯暴力相向，連懷孕期間也不例外。

有段時間，很多部落裡的女人，與老兵結婚後不久，就會偷偷地跑了，金花可以理解先生一定也是這樣擔心，但是無論她怎麼跟伯伯說，她不會離開，一定會照顧好四個小孩，但他就是聽不進去，金花只能繼續忍耐。

愛情，對這個單純的排灣族女人來說，她說她不懂。她只知道一輩子只有一個伯伯，她被姐妹朋友們笑她傻，勸她離開那個家，去找自己的愛情。但她不能理解，仍然單純的相信著「難道孩子生下來不是愛嗎？愛自己的家庭難道不是愛嗎？」伯伯的愛充滿了佔有慾和猜疑，偏偏金花的個性又是活潑外向，喜歡唱歌喝酒，喜歡和大家一起工作一起聊天，結果經常回家後就是換來一陣毒打。不識字的金花，有一個小本子，裡頭寫滿了密密麻麻的阿拉伯數字，她說那是她每一次被打之後的記錄，她不會寫字，沒法寫日記，能做的就是寫下年月日，流淚記錄下自己的傷痛。

聽金花阿嬤說故事到這兒，我很難想像如果這樣的情節發生在現代，會有什麼不同的結局？更難想像我眼前這位一臉笑容、黝黑結實的老太太，竟然曾經有過這樣的遭遇。當初，我們期待發覺一個充滿歡笑快樂的環保阿嬤故事，沒想到挖掘之後，背後竟然有這樣大的坎坷。金花曾經對先生最大的反抗，就是自殺，但是都沒成功，最後為了孩子只好繼續忍下來。

一直到了金花五十歲，挨打了大半輩子的她，終於第一次敢回手了。那次，金花騎著車回到家，忽然一個玻璃杯就摔過來砸到牆上，伯伯罵金花每天到處亂跑，不肯待在家裡，金花回嘴說，待在家裡伯伯也不跟她講話，不如去種小米、找朋友聊天。伯伯聽了破口大罵，拿起拐杖就要打金花，她被打了幾下心有不甘，罵伯伯永遠都不瞭解自己的老婆，伯伯大罵：妳跟誰學壞的？竟然敢回嘴！

「我不用學！因為我已經五十歲，不是二十歲了。你不能一直打我……」金花阿嬤回憶，那次她也不知道哪來的勇氣，終於開始回手，結果兩人扭打到街上，伯伯整個人被金花制服住，大喊救命！這時左鄰右舍只顧著看熱鬧，甚至還有人打趣說：「Sumiko 被伯伯打了一輩子，今天總算出了一口氣。」這場家庭鬧劇，對於當警察的大兒子來說，真是最尷尬不過，開著警車到自己家裡，處理兩個老人打架的案子，而這兩造一個是爸爸一個是媽媽。

「偉民，會不會管伯伯？他不是警察嗎，應該有辦法吧！」

「伯伯誰講都不聽，有一次他還說他長得不高，小孩長得比他高，他說偉民可能不是他生的！把偉民氣的要去驗ＤＮＡ。」金花阿嬤邊說邊笑，說得一派輕鬆，「後來偉民跟他說，你再亂來，我就叫同事把你抓起來！伯伯才閉嘴不敢講話，我們都覺得很好笑！」我想像這場面，真是一齣人生悲喜劇。

伯伯的猜疑心在金花阿嬤後來到環保站當志工時，還是一樣發作。他不只跟蹤金花，確認她在哪兒，做什麼？竟然連其他環保志工去找金花時，他還會用雨傘、拐杖把志工轟出去。包含後來編劇去採訪金花時，也曾被關過鐵門。

「還好現在我已經不怕伯伯了，我去做環保我很快樂，大家在一起撿寶特瓶，說話唱歌，師父說我們這是救地球，很有意義的工作！為了做環保，我現在變得比較勇敢了！我現在不是自己一個人，身邊有很多好朋友都陪著我……」金花說得充滿自信又肯定。當時因為表妹的介紹，讓她有機會接觸慈濟環保，這一做就讓原本好動的金花找到了身心寄託。後來，還把象徵她苦難人生記錄的小本子燒了，正式宣告自己要當個快樂的志

工，不要做苦命的女人。她說到這段故事時，我聽得很感動！

還記得有一次跟上人分享，採訪很多環保志工時，都會發現「做環保」這件事很有療癒性，不少心靈創傷的人，或是憂鬱症，亦或是生病的人，好像參與環保工作後，都能得到一種輕安，實在很奇妙！

「妳覺得這是為什麼呢？」原本以為分享一下心得，沒想到竟然當下被師父考試。還好我也曾經想過這問題，也看過一些研究報告。

「因為很多憂鬱症或不快樂的人，思想容易鑽牛角尖，也容易有負面思考，所以當她可以參與志工團體，跟一群正向思考的人在一起，互相陪伴和交流，也會引導她走出自己的困境。還有就是勞動流汗也對身心症狀很有幫助。」

「那他們為什麼做環保會快樂呢？」師父又再問。我開始緊張了……

「快樂……因為讓自己簡單，（這時趕緊調出記憶中我參與環保志工時的感受，對啊！為什麼會快樂呢？）做環保時，雖然很多是拆寶特瓶蓋子、摺報紙，做瓶罐分類……動作不難，但都要很專心才能做得好，所以人就不會去胡思亂想……煩惱就上不了身吧！……」我想說些自己的感受，但可能做得也不夠多，結結巴巴的解釋不清楚。

上人笑了笑說，這是打「環保禪」，是「環保三昧」。大家要好好體會。

坦白說，我還真沒想得這麼深，收攝心念，去煩惱得自在，又可以運動身體，最後還能守護大地，真是好一個妙法！而且環保站大門廣開，人人都可以來做志工，蹲下身，伸出雙手，沒有雙手就用雙腳，只要能動，就有你可以做的事。實在是妙！

而我們這位金花阿嬤，也是做環保做出了歡喜，還可以自編自唱原住民版本環保歌，實在好聽！雖然很多話我聽不懂，但她內心的歡喜滿溢，早已經感染到周遭的人了。經常她一個人到釋迦果園裡去撿拾工人亂丟的寶特瓶，一個上午就是好幾大袋，曾經發生過幾次，她撿拾的寶特瓶空罐太多了，為了省油錢想一次送到環保站，便用盡方法把這些回收物全都綁在機車上，形成了一幅奇景！就是從機車後面看，不只看不到機車，也看不到人，只看到一大坨的寶特瓶綁在一起在路上跑。這不禁讓我想起她分享過，年輕時跟男人比賽採金針花的畫面，現在雖然老了，仍豪氣不減當年。只不過有一回，她被警車攔了下來，結果是兒子逮到了媽媽違反交通規則！金花尷尬，偉民又好氣又好笑。

這個原本單純的故事，經過採訪後，我想像它是一個充滿歡笑淚水的故事，二○○九年我們開始拍攝，沒想到就在劇組殺青的前三天，遇到了莫拉克颱風來襲，太麻里成了重災區。我們的劇組當時正好在太麻里，經歷了一夜狂風暴雨，太麻里溪潰堤，好多地方淹水。颱風來的那個晚上整個地區停電時，劇組的發電機竟然成了大家的好幫手，好多人都拿出延長線來接電，讓手電筒充電、手機充電……還有人接電鍋煮飯。

還好金花阿嬤家地勢高，沒有受災。隔天天未亮，她就如同其他志工般，全都換上了藍天白雲的志工服，自動往環保站集合，就差五十公尺，還好環保站沒淹水，第一時間就成了太麻里的救災指揮中心，志工們開始分工，而金花參與香積組，負責做便當、送便當。

隔天上午的早會，我在臺北用視訊，跟花蓮精舍連線，也向上人分享了太麻里的狀況，請他安心大家都很好。沒想到，這時上人突然很認真地看著我，「要繼續拍下去……把他們救災的故事也要寫到戲劇裡，這是他們真真實實的故事！……」當下，我看著師父，他堅定無比，但我腦中卻是一片空白，戲劇不是新聞，怎能說拍就拍呢？我們也不是棚內的鄉土劇，都是在真實的災區，怎麼拍呀？劇本在哪？一連串的問號閃過……但，我點頭了，「好，我去災區！」

志工早會結束，緊急開會，拜託太麻里的演員、劇組千萬要留下來，我馬上帶著幾位編審趕過去。路上，夥伴們問我沒有劇本要怎麼拍？我沉默了。坦白說，我也沒遇過這樣的事，但我只知道必須要保持冷靜，和建立他們的信心，這樣才能把事情做好。

朝著太麻里前進，沿路海岸線全都是漂流木，進入災區後，景象更是駭人！好多山上沖下來的大石頭、大樹幹直接撞毀房子，光是太麻里溪沿岸，就有二十多棟房子掉進滾滾洪流中。的確，這災況若不是第一時間留下記錄，未來是不可能再重現的。

到了環保站，跟大家匯合。這時金花阿嬤送便當去安置中心了，全劇組跟我一起開會，大家都說留下來沒問題，但要拍什麼？

「我來負責寫劇本！你們拍。」我倒吸一口氣，做了這唯一可能的決定。

「可是現在這些事都在發生中，要怎麼進行？」

「相信我吧！可以的。」我也不知哪來這種信心，或許是之前拍紀錄片許多臨場記錄的拍攝訓練，讓我敢在這時候拼了！

接下來的幾天，我和編審白天跟著金花和志工採訪記錄，晚上寫劇本，清晨五點前把劇本給劇組，他們準備拍攝，而我小睡一下，再繼續出門採訪。真不知當時怎有這種體力和毅力，總是熬了過來。那時大家擠在太麻里街上唯一一棟沒被水淹到的小旅館，女性工作人員擠在五樓通鋪，我還記得熱水只在一樓有，每次要喝杯熱水、泡個麵都要爬五樓！知道有大愛台記者要來換班時，忍不住央求他們幫我從花蓮帶熱水壺和咖啡來……那時的窘況真是難以形容。

有一次，實在已經累昏了，到了快清晨六點，我劇本還在趕，副導演急得不得了，應該說大家都著急，但我實在體力不支了，寫著寫著中文輸入已經會選錯字了……終於敲下最後一個句號時，我機械式的把電腦遞給身邊的編審，她說我當時只說了一句話：「幫我看錯字！」說完，便直接倒在床上，不到兩秒就睡著了！而我醒來後，完全忘記自己是怎麼睡著的。事後想想，這也是一個難忘的回憶。

那幾天，跟著金花阿嬤四處跑，收穫很多，但真要和他們參與救災的人相比，我們實在不能喊累。像金花這樣的一個小志工，天未亮就要到環保站切菜洗菜，中午前要把愛心便當四處送給受災戶和住在安置中心的人，下午還要去訪視，陪伴那些受災或失去親人的人。她到了受災戶家

時，總是可以安慰大家，把大家逗得又哭又笑，還自創歌曲，帶著大家跳舞……由於很多時候他們都是說著我聽不懂的族語，但我相信金花是很努力的做好自己的工作。當然，若還遇到醫療團前來義診，她還得擔任現場翻譯工作，幫助族人與醫療團隊溝通。我在她的背影裡看出疲累，但眼神中卻始終露出母親的光芒，告訴自己要趕快做！多做一點！

終於在一個不經意的片刻中，突然發現她低頭不語，雙手抱頭露出很悲傷的樣子。

「Sumiko妳怎麼了？身體不舒服嗎？」

「沒有啦！我很好的。」

「騙人，妳眼睛濕濕的怎麼了？」

金花猶豫了一會兒，才淡淡說出口，「妳不要跟其他人說噢！大家都很忙，我不想要大家為我擔心！」

「好。」

「偉民……到現在還沒有聯絡到，我很擔心！他們說有警察還有警車被沖走了，到現在都找不到，我很怕偉民也不見了……」

我非常驚訝！她竟然能忍住這事，還帶著笑容到處幫助別人，「怎麼不跟大家說，幫你一起找呀！」

她搖搖頭，「大家都好累，很多人家裡也出事了，不要麻煩大家，我想過幾天可能就會聯絡到了……沒關係！」

那天聽完金花的心事，我心裡很酸，很不捨。打從心裡佩服這些默默付出的志工。

災後第十一天，太麻里溪的便橋搭好了，金花阿嬤是第一批到對岸送物資的志工，跟著她的身影到了金崙派出所，這也是偉民任職的地方，我想金花不只是要來送便當送物資，也是想來找兒子吧！

果真，派出所內走出了一位員警，就是偉民。

當下金花阿嬤完全顧不得形象，立刻衝上前去抱住兒子。那一幕讓人很感動！偉民投入救災完全沒休息，當時他還發著高燒，而且聲音也都啞了。記者採訪偉民時，金花竟然忘了攝影機的存在，還頻頻伸出手幫偉民擦汗，母親的愛完全藏不住。

經過這震撼的八八風災後，我忍不住問金花阿嬤，妳做訪視時，遇到那些家裡受災的人，或是有親人失蹤的民眾，妳都唱歌給他們聽，妳唱了什麼內容呢？（排灣族語我當下完全聽不懂）為什麼他們都一直點頭？

「我是老人家，唱什麼我忘記了耶！」她笑得很可愛，「大概就是告訴他們，我們不要害怕，這土地都是老天給我們的，因為我們沒有好好保護，所以祂現在收回去了，我們不要難過，不要放棄自己……只要我們還有信心，繼續努力，明天那個太陽還是會從太麻里的海那邊出來的！大概這樣吧！」

我又再一次被這老人家感動了，她沒有受過教育，不會寫字，經歷家暴，曾經自殺，但她現在可以分享這生命經驗，多棒！我也很受教。

不要放棄自己！太陽明天還是會從太麻里的海那邊升起喔！於是林金

花的故事片名，我選擇了「曙光」。

再記：

「曙光」播出後，很多人感動，那年底我帶著金花阿嬤到新加坡參加大愛之夜的活動，她好開心又很擔心。因為她說這是她第一次出國，要坐飛機她會怕耶！我告訴她別怕，跟著我就對了。

出發當天，她穿上了慈濟旗袍，還畫了妝擦了口紅，難掩興奮。但等到飛機開始在跑道上滑行時，我發現她真的開始緊張了，我要她「坐好，別怕！我在旁邊」，她尷尬的笑了笑。沒想到飛機爬升時，她又開始動了起來，伸手在座椅下的包包翻呀翻……

「Sumiko 妳怎麼了？先睡一下，不要找東西了。」

「我在找藥。」

「藥？什麼藥？哪裡不舒服呀？」

「我心臟很緊張，砰砰跳！我要趕快吃藥了……」不會吧！飛機起飛

還不到十分鐘，她就心臟不舒服，我真是被嚇到了，只好趕緊讓她吃藥。

雖說飛機上窮緊張，但這精力充沛的阿嬤一出機場後，可就立刻活了過來，開心的不得了！就連晚上的活動，大家綵排了半天，一到正式上場時，金花還不等主持人問話，當場就先問現場一千多位觀眾，「你們想不想聽我唱歌？」

「想！」大家異口同聲的回應。我和主持人則是面面相覷，怎會這樣呀?!說時遲那時快，好歌喉的她不需伴奏，自己起個音便唱起了她的快樂歌，而且還邊唱邊擺動身子跳起舞來。天啊！台上的我們這時候也只好配合著當伴舞，這對我真是大考驗呀！但全場大家好愛她喔！

活動結束後，參與的藝人都到外面的簽名會。那天參與的有楊貴媚、高慧君、謝承鈞等人。

「我們要不要去參加呀？」金花阿嬤好奇地問。

「簽名呀？我不想，但是Sumiko 想去嗎？」她顯得很遲疑，但不一會兒就有熱情的志工來招呼她過去了，感覺得出來她可開心的。但不久後，果真有狀況發生了，簽名隊伍「塞車」了。

塞在哪兒呢？當然是金花阿嬤那裡，因為她不太會寫字，又很認真的想把「林金花」三個字寫好，結果跟旁邊藝人的一筆簽名比起來，簡直是腳踏車遇上噴射機，志工們只好請我去跟她溝通，看能不能簽得簡單一點？於是，金花阿嬤的簽名，就從「林金花」，變成了「金花」，最後只獨留一個「花」。雖然如此，她還是玩得好開心。

故事還沒完，金花雖然七十多歲，但她的體力可比我好。回到飯店（我和她住一間）後，我已經累了，她則是像好奇寶寶般到處探索，後來竟然問了我一個問題，「這房間的寶特瓶水喝完，他們瓶子會不會回收呀？我好像都沒有看到資源回收桶吶，還是我們把它帶回去？」

「帶什麼回去？」

「寶特瓶呀！帶回我們的環保站回收啊！」我聽了真的有點被嚇醒！

「這些瓶子都可以回收的，不可以當垃圾丟掉。」

「帶回台灣……」我頓時陷入沉默，該怎麼回答呢？我從沒這樣想過問題，很多時候，我們總是得過且過，但對於金花來說，對於環保的實踐，她是認真的，雖然只是幾個寶特瓶空罐，但她卻讓我好好反思了一下。若我不阻止她，我想她真的會把它們踩扁，帶回太麻里。於是我答應她，明天我們問問飯店，要不就拿去新加坡分會，一定會有資源回收桶的。

終於，她安下了心，可以休息了……

09 難行，也得往前行

「記錄真實・真實記錄」，我曾經以這為題做過演說，無論是拍紀錄片，或是探索真實人生，越是站在真實面前，總是讓我越覺得自己的渺小。天地運行自有其規律，是春、夏、秋、冬也好，是成、住、壞、空也罷，人的身體也難免遭遇生、老、病、死，而心念的生生滅滅更是轉瞬發生，佛法說這心的運行是生、住、異、滅。其實大、小宇宙各自運轉又相互影響，太陽與行星，人與社會不也是如此交會嗎？尤其遇到大災難，這感觸就越深。

因為拍攝林金花的故事，讓我與莫拉克風災的震撼現場直接對撞，雖然故事完成了，但是在觀眾看不到的背後，在我心中，還是有很多讓我至

今難忘的畫面。

還記得，在災後第三天趕到現場時，那次的會議大家都好嚴肅，我想除了我們要接受一個前所未有的大挑戰之外，其實現場的劇組人員心裡又何嘗沒有受到這場災難的撞擊，那是一個很難想像的狀況，而大家都親眼目睹。有時候我會拿一張乍看是荒地長了許多枯草的照片（前頁圖）問大家，猜得出來這是什麼地方嗎？

那是釋迦園！這答案總是讓現場震驚，對！我就站在那裡，一棵釋迦樹大約兩米高，你看到的雜草，其實是釋迦樹的頭髮／頂，大水褪去後，留下了將近兩公尺高的沙土積澱，泥沙淹沒了釋迦園，當時我站在這泥地上，踩上去還軟軟的充滿水氣，而兩天前這裡還要再堆疊上兩米高的大水在上頭，一週前這裡仍是綠意盎然結實纍纍的釋迦果園。我跳躍著思考，我正見證著一片沖積扇平原的成型過程嗎？對大地來說，這只是輕輕的吹彈，但對上頭生活的人來說，一生心血都毀了。這位苦主，也是一位環保志工鳳蘭師姐。

至今，我仍然很感謝當時參與的所有工作人員，沒有多談預算，沒有劇本，大家都留下來了。尤其要特別一提高慧君，我過了幾天後才知道，她的家在阿里山的達邦部落，當時也是聯繫中斷，她憂心父親安危，卻又力挺留在工作現場，好幾次她壓力大到獨自流淚。

劇中高慧君詮釋的志工林金花，非常樂觀活潑，遇到災難來時依然是堅強的付出，而另一位演員黃采儀飾演的貴英，她的家就在太麻里溪出海口附近的河堤邊，早上六點多潰堤前，她正在家裡看草根菩提節目，突然接到住在上游的鳳蘭打電話告訴她，從上游看溪水暴漲感覺不對勁，河水一直漲滿，好多大樹和大石頭都沖下來了，鳳蘭提醒貴英要趕快撤離，結果貴英匆忙離家後不到半小時，大水便沖毀了堤防，她家被淹到只剩屋頂露出。

後來貴英也是第一時間就出來參與救災，先放下了自家的災情。拍他們的故事，曾有一幕是金花和貴英望著被破壞的家園，被沖毀的良田，滿心感慨……現實中，這兩位志工是不掉淚的，只想著要堅強起來，要打起精神去救災，但演員們看著這真實的災區現場，卻是感觸很深，難掩內心

激動，所以當導演倒數時，演員是要收起眼淚……等導演喊卡時，他們都忍不住哭了，竟同時都從口袋裡拿出面紙，擦拭淚水，免得妝花了。這幕後的一刻，是觀眾不可能感受到的現場震撼。

而衝在最前方的我們，為了能掌握第一時間的拍攝，剛到災區時，我就做了一個錯誤的決定，帶著工作人員跟我住在封鎖線內，那是河堤邊的一間民宿，地勢稍微高起，所以還有一半的房間是可以住人的，我當時只想著完成工作，完全沒有危機意識。

還記得晚上九點多正在開會討論時，外頭傳來轟隆隆的大卡車聲，而且連續不斷，我還以為是連夜要趕修復工程，不予理會。可是聲音越來越大，好像車子也越來越多，我忍不住要同事出去看看發生什麼事了？

結果，沒過幾分鐘同事衝了回來，一臉驚嚇！「好多車，全部是砂石車、水泥車，大家都在撤離往外頭開耶！」

「為什麼？要不要去問一下？」

沒想到，同事再帶回來的消息，讓我們也全都嚇了一跳，「司機說，山上最大的堰塞湖快潰堤了，如果沖下來這裡全部會被淹掉，所以要趕快走！」我聽完還沒回神該怎麼處理這危機，突然間外頭就響起了尖銳的警報聲，大概所有警車、消防車、救護車……還有警用摩托車都同時鳴笛吧！那聲音的共振真是駭人，至今難忘。同時間他們還放出了擴音器，播送著：

「……緊急撤離！緊急撤離！山上的堰塞湖就要潰堤了，水量非常大，可能造成的災害很可怕……請大家立刻撤離！」

「我們快走！」這是當下唯一想到的回應。只見大家完全顧不得形象，拿起包包、打開行李箱，不分你我能塞的東西全都先帶走再說。此時外頭的警笛聲還此起彼落，迴盪在這災後的山谷中，真是可怕！我們衝出房間，大家趕緊上車準備離開，我轉頭看了一下，外頭唯一的道路，已經塞滿了各式各樣大大小小的工程車和救援車輛，大家都趕著～逃。

「導演，我們往哪裡去？」其實我也不知道。但還好就在這時候，有位騎著警車的原住民警員趕了過來，他邊靠近邊急促的按著喇叭，還一邊大喊：「怎麼還在這裡？趕快走！趕快走！大水要來了！」

「請問一下我們現在要怎麼走比較快？」我忍不住問。

「認識路走上面山路，不認識路走下面大路！趕快走！」他回答的俐落不囉唆，話一說完便又急忙騎著車離開了。

而我們當然只能選擇走下面，跟著大家塞在車陣中，當時我忍不住想，夾在這漫漫車陣中撤離，若大水真的來，我們大概全都要被沖進太平洋了吧！

幸運的是，堰塞湖小缺口溢流，沒有造成大潰堤。所以那晚我們都安全了，但我和幾位夥伴還是留在管制口觀察狀態，聽著警察的無線通話器傳來各地訊息。尤其中間一度最危急時，還有兩名員警出去巡視沒有撤離，隊長和隊員們都很擔心，不斷呼叫……那時我也跟著好緊張。幸好平安無事！

沒有經歷過這演習似的逃難過程，真的很難體會這恐懼心情。這是我從沒有過的經驗，人真的很脆弱，當我們有幸活著，面對大地真的要很謙卑！這經驗讓我深深的警惕著。

還有一張照片，我也覺得很經典，外人或許看不出來重點，但我知道那位站在屋頂上拍攝的攝影師是一位新聞記者，而下面的工作人員則是劇組的場務和攝影組。在電視作業中，新聞是跑在最前面，最有時效性，而戲劇製作，因為工作內容涉及層面廣，所以籌劃時間也長，我們常戲稱是最慢的恐龍，但在這場災難中，我們卻同步工作。時間與壓力可想而知。

至於這房子和這屋頂有什麼故事呢？其實這就是貴英的家，她提早撤離後沒多久，大水就沖過來了，一直淹到只剩屋脊差點滅頂，而這屋脊當時有十一個居民躲在上頭等待救援。因為下著傾盆大雨，大水突然來，大家沒處逃，貴英家門口剛好停了一台小貨車，所以附近居民就爬著貨車上了貴英家的屋頂。他們回憶起這驚險的一瞬間，真是生死立決！他們爬上了屋頂後，大水不斷漲起，差點也以為自己沒救了，因為就差那三、四十公分就要淹過他們了，當時四周都是茫茫大水，而且直衝往太平洋。

「那時候我們大家都是手勾著手，很怕撐不住掉到水裡……雨真的好大啊！完全下不停，四周圍全都是一片模糊，直升機也沒辦法靠近，我們等了四、五個小時直升機才來，真的是太可怕了！身體一直淋雨一直發抖，還好屋子旁邊還有一棵大龍眼樹已經結很多龍眼了，剛好我們可以碰到它，可以摘一些來吃，所以那時候是靠著龍眼來補充體力，不然真的撐不下去！」

聽著歷經浩劫的人回憶那段經歷，真是聽得膽戰心驚，可惜製作費用不夠，不然這橋段，如果是在好萊塢的災難電影呈現，應該會很震撼！

而我就是在現場穿梭，一邊聽故事一邊寫劇本，經常沒有桌子、沒有電腦，一切回歸最原始狀態。還記得有一回，因為國軍官兵要來清理災區，所以拍攝的場景臨時有問題，必須更動劇本的順序，我們只有兩個小時的時間，從修改劇本到拍攝完成，不然阿兵哥就要來把現場清理掉了。

那時汽油桶是我的桌子，拿回收紙來寫，壓力大到寫字的手都會發抖，而我的夥伴則在一旁繼續訪問提供我資料……最後劇本寫好，也沒得影印，就只有一份手稿，所以只好大家聽我說戲，然後當場背台詞，當場分鏡，立刻開拍……

這經歷對我來說是一場探險，沒有華麗的包裝，沒有綺情的裝飾，沒有浪漫的故事，這一切我已經分不清是紀錄片還是劇情片，或許也不重要了。那麼真實！那麼動人！那麼震撼！我自己踏踏實實的走了一遭。那不是收視率，或關在冷氣房中看片的金鐘評審能夠理解的努力，至今我還是由衷的感恩當時跟著我一起拼搏的劇組人員和演員。我們一起寫下了台灣電視史上一頁創舉！

離開太麻里前，我跟大家說，不免俗的我們去拍個日出吧！讓太陽真的從太麻里的海邊升起。

「可是現在拍那個海岸不好看耶，都是漂流木很雜亂。」攝影師說。

「以後再補吧！現在雲還很多，拍不出一顆蛋黃從海裡出來。」製片說。

「去吧！現在的太麻里日出，只有現在有，不管什麼樣子，都是獨一無二的。」我說。

雖然那片美麗的海灘真的全是漂流木，少了浪漫的希望，但我卻在當下看見了焠煉後的力量。兩張前後張照片，只是光圈不同，都是真實。寫人生，看人生，最後不也遊戲人間一場嗎？望著逐漸升起的太陽，我暗自期許自己要好好活著！

才拍完太麻里，我們又陸續決定還要繼續製作其他災區的故事，包括林邊、佳冬、那瑪夏，製作過程的艱辛，我很深刻，但也珍惜在這趟難行的旅程中，這些所見所聞，土地和人的故事，都讓我又上了一堂寶貴的生命課程。

我們是如此的渺小，面對天地大自然真的要謙卑戒慎！

往那瑪夏的臨時便道通車第二天，我們一行人就趕著上山，沒想到便道都只是鬆軟黃土推起來的，車子載著大家根本爬不上去，甚至一度滑下來，當時我嚇壞了，若翻落坡道，那鐵定也災情慘重了。於是，我們人下車，大家一起推車，讓車子先衝上山坡，然後我們在後頭跑步上山，第一次體驗到吃土的味道。

它，左邊右邊都曾經有成排的房子，一起存在。右邊的一整排全都崩落掉到溪裡去了，左邊傾倒的平房才剛剷平，於是只剩下它孤零零的。崩山剎那，主人在二樓逃過一劫，族人提醒我們，走路要輕一點，說話也要輕一點，因為還有四十多人找不到，就在這一大片土地下……。

拍逃難的戲，演員很辛苦，要淋雨（水車一車車接力噴水）又要摔，而且一個鏡頭要拍好幾次，又有好多鏡頭……拍著拍著，太陽出來了，又得停機，因為大雨天的景要搭配陰天才拍得像，於是很多人曬著太陽一邊休息一邊發抖，等待一片烏雲來，再繼續淋雨繼續逃難……就這樣很多人都感冒了。雖然辛苦，但想到真正的受災人逃難時沒得休息，還要承受難以形容的驚恐，我們拍戲的考驗都顯得簡單了。

紅葉溫泉風景區幾乎全被淹沒，大水退後留下將近兩公尺的土沙，站在這片多出來的地景上拍片，感受太複雜……但時間緊迫又不能多想。照片中近百人的臨時演員，都是從台東當地找來的，大家發現拍片要淋雨還要跑來跑去，實在太辛苦，幾乎都來了一天，隔天發通告就沒空了。拍到第五天劇組已經沒臨演可用，為此，只好發遊覽車到花蓮招募臨時演員……。

莫拉克颱風來襲時，在太麻里溪沿岸有二十多棟房子掉入河中，這間屋子則是插在河床邊凝止了幾天才墜落，有幾分災難浩劫後的末日景象……但更讓我深刻的是，走在災區的土地上，隨處可見的個人物品散落，有紅書包、玩偶、廚房裡的鍋碗瓢盆、還有很多衣物、甚至破碎的信紙……曾經，這些都是主人的寶貝吧！如今，來不及撿拾，只能留在記憶裡……

10

行到水窮處，笑看雲起時

「我們是這世的演員，也是未來世的編導。」第一次聽到證嚴上人說這句話時，心頭為之一亮，因為經常被人喊導演，但這職業上的稱呼在過去並沒有讓我在心靈層次上有太多的聯想，所以當我聽到師父以此譬喻人生的劇本是自己寫、自己演時，特別有感受。

如果一段人生是舞台上的一齣戲，一個好演員粉墨登場時，就是在舞台上扮演好自己在劇本裡的角色，無法演到一半就發牢騷說，我不想演A我想演B，或是我羨慕C我想換角色……當然，若是演到一半嫌這角色太討厭太辛苦想要放棄，那可不行！除非你要強行跳下舞台，結束這齣戲。但這半途終止人生大戲的結果可不好玩，因為還要重頭再演一次，就像玩遊戲沒通過這關，只好再來一次，而且沒有捷徑可以越過你討厭的橋段，只演喜歡的部分。

拿到了「我」這個角色，就是要讓自己好好經歷一趟學習之旅，直到通過考驗。也因此在佛教思想中，並不贊成選擇以自殺來結束自己的命運。所以碰到逆境時，與其怨天怨地怨別人，不如帶著苦笑感恩一下過去的自己，怎麼寫個這麼難的劇本呀！所以現在只好鼓起勇氣努力過關斬將，讓自己通過此生的試煉。

製作真實人物的戲劇故事，雖然本質上也是面對真實，但和拍攝紀錄片的過程比較，卻是很不一樣的製作思考，在戲劇上我們花了更多的時間採訪、討論劇本，思考如何說故事。經常我在會議桌上跟很多編劇分享廚師理論，也就是真實素材的採集，就像去拜訪每一個不同的人生莊園，在那裡我們尋找最甜美的果實、最豐富結實的收成，然後帶回我們的廚房。接下來就得發揮廚師功力，了解食材的特色，和它的營養價值後，便要決

定我們的料理手法，是清蒸？紅燒？還是懷石料理？……依據不同的材料／人生特色，我們要選擇最好的敘事方法。我認為這才是一個好的編劇或導演在這時候需要扮演的專業。不過這要求，對於講求快速量產的電視環境來說，我的期盼經常被認為「太難了」。但我心裡卻是如實的期許自己，因為我知道我們面對的每一段真實人生故事，都太精彩了，如果只想要找到一個標準公式來套用，那不只是損了自己的專業，也可惜了這麼多勇敢的人，願意把他們的生命故事交給我們來詮釋再現。

戲劇製作工作團隊龐大，因此劇本的精準度不能是散文，也不是隨筆，整個故事就像是一篇嚴謹的小說，結構必須清晰，主題必須明確，起承轉合的敘事手法也必須有所本，再加上還要對真實故事有所考據，因此要做得好真不是件容易的事。但轉個念想想，這工作的鍛鍊卻給了我很特別的學習，甚至超越了工作收入該有的收穫。

看人生如戲，看戲如人生，探索每一段人生旅程，聆聽每一篇生命樂章，若能參透這生命旋律之美妙，何其有幸啊！但這樣的工作也有風險，就是我們若無法讓心地保持清明，去體察觀照每個故事的價值，我們其實也很容易迷路的，在每一段人生大戲中，失了方向，混沌在別人的生命中找不到出路。

因此，戲說人生不能只是憑感覺，必須要能從點滴線索中，找出脈絡，找出重點，然後說一個讓觀眾感動的故事，動之以情才有機會說之以理，而這故事背後要闡述的理，正是人們追尋的普世價值，也是人活著，要學會做人的道理。不過大多數的年輕人一聽「做人的道理」這句話，可能就會馬上覺得老套無趣吧！那或許換個包裝詞，說我們是「探索活著的價值，辯證生命的哲學」，會不會優雅些？但不管如何形容，對我來說，這一幕幕生命劇場的示現，都是每個人獨一無二的生命功課和必修學分，最終在在都印證了真空妙有的生死美學。

此時，我是個說故事的人，多好！

寫人生，最難的不是大好也不是大壞，而是「轉折」；最容易寫的是變壞，最辛苦寫的是變好。

轉折，很有力量。不管是變好變壞，一旦遇到轉折點，一定有事情發生，心頭一定會被觸動，情感一定產生拉扯，然後幾乎都要做出決定。而這樣的人生扭力，很多編劇寫不好，並非察覺不到，而是體悟不夠。在編劇會議上，我經常苦笑著說，哪有人說改就改，說戒就戒，樹要結果也得要有種子落土、孕藏、開花的過程，更何況是生命的轉折點。之前的人生為什麼走不下去了？這樣的人生為何想要改變了？他為什麼選擇這條路？他為什麼要放棄？為什麼要再拼一次？要寫出好故事，就不要怕問：「為什麼？」

因為就算我們的專業技能再好，但人生經歷畢竟還是有限，若不抱持著虛心學習的心去閱讀每一段人生故事，以我們有限的生命又如何能夠詮釋好這形形色色的各種人生角色呢？

在慈濟，遇到很多志工的人生故事，讓我真的大為感動也大為驚訝，他們前半段的人生劇本，大多沒有安全優渥的成長環境，就像社會上大多數的人一般，甚至有些人還遭逢家變、重挫、打擊，在社會暗角辛苦的生活著，有人走錯了人生路，有人貧病交織……乍看這些人生，第一印象真是既無奈又可怕的悲劇，但我們到底有沒有能力去改變自己的人生？還是只能隨波逐流，讓自己被命運斲傷擊敗？

我從這些志工身上看到的是，佛法要大家接納自己，甘願接受命運的考驗，這態度並不消極，而是不抗拒、不憤怒，佛法並沒有要我們放棄人生，阻斷我們求好求變的機會，反而是引導大家，轉動命運，用妙法轉動人生的劇本，在命運的試煉中，運用正念的態度，憑藉著信心、毅力、勇氣、決心來轉動它，讓它得以提升變得更好！

所以證嚴上人也經常提醒大家，不要老抱怨「命運」的無奈，應該要積極的「運命」，去創造自己的生命價值。經常，我覺得自己像一個旅人，拿著筆、背著畫架、扛著攝影機……穿梭在不同的人生風景中，他們的故事都讓我扎扎實實的上了一堂堂的生命課程。在困境的轉折點上，態

度和信念決定了自己的人生方向……我不只一次自問，如果是我，我能做得到嗎？

反省中，讓我不禁想起曾經有一次，我又遇到考驗，當時心情臭，臉也臭著悶不吭聲，剛好在精舍遇見上人，他很慈悲問我：怎麼了？有事嗎？

當時我很酷，什麼也不說，就是搖搖頭。後來，師父要進書房前又再問了一次：怎麼了？

「我在忍辱。」我忍不住說。

唉～上人一聽嘆了一口氣，淡淡地說，你這不是忍辱，是在憋氣！氣憋太多會爆炸的。話一說完，上人便走進書房了，一旁隨師的師父都笑了，我則是覺得好糗喔！活像個小朋友一樣，學著大人說出其實一知半解的話。忍辱要安忍，忍而無忍才是真功夫。並不是壓抑、忍耐，看似自我委屈，其實充滿怨懟憤怒。對於當時我所處的困境，憤怒完全沒有幫助，甚至讓負面情緒拖著我下墜。有趣的是，過沒多久，有一次在慈濟醫院，上人要常住師父拿了一些小小的結緣品送給醫師時，我剛好在一旁，那是一個很小的玻璃罐子，裝著兩顆小相思豆外，還放了一張小紙片，上頭寫著上人的叮嚀……結果我自己抽取的小瓶子裡，沒想到正是「忍辱」！當下，不禁眾人笑，連我自己都笑了出來……真是好一記當頭棒喝！

小小的一個逆境，便生起許多的煩惱和負面情緒，甚至讓驕慢心恣意蔓延，讓自己起了退轉心，現在再回頭看那些情境，真像是看一則寓言趣事。我這芝麻綠豆小事就能如此擾人，當我看到許多志工更驚濤駭浪的考驗時，他們的轉念工夫，他們的人生智慧如何讓我不讚嘆呢！

「行到水窮處，坐看雲起時」，我很喜歡這兩句話，水，生生不息，化為溪川大海，化為雲霧雨雪，自是不同存在狀態，人卻有其好惡，看這為絕境，看那為高峰，僧云：不都是吃飯、走路、活著嗎？生命在呼吸之間，把握好每一個當下，守好那一念心，水可有窮時？

我喜歡在書桌上寫著：行到水窮處，笑看雲起時。

在此分享幾個讓我感動也激勵自己的故事，他們的人生都能轉了，我們呢?!

轉苦為甘的許桃阿嬤

許桃，她最喜歡在自我介紹時說的第一句開場白，就是「我是苦桃！」或許是因為台語發音的「許」，聽來近似「苦」，所以她總是拿來小幽默一番，但我更相信是她過往的命運，讓她有感而發吧！她的一生坎坷，早期家裡環境不好，沒法好好唸書，也沒有機會能有好的人生選擇，順著家中的安排，嫁給一個年紀長她十多歲的老兵，原本以為人生有靠山了，沒想到老公愛喝酒還賭博，雖然在學校當工友，但家中經濟重擔卻是落在許桃身上，憑著好手藝，她開了一家小麵店，養活一家子，但更糟的是，這男人一喝了酒便經常對她動粗、拳打腳踢，「我被打了幾十年，有一次要去拍證件照，眼睛還腫了一塊黑青呢！」

為什麼不想逃呢？

因為要等孩子長大，因為自己一生積蓄都被老公賭光了，許桃說她沒有本錢走，於是只能一再隱忍。沒想到厄運不止，她最貼心的女兒，竟然因為一次肺部感染而突然往生，這打擊讓她差一點崩潰，後來她心灰意冷終於決定出走，展開自己的人生……轉當看護的那段期間，許桃認識了一位眼盲的按摩師阿出，兩人很投緣，又同是天涯淪落人，便相約住在一起，互相照顧。

這兩位辛苦人後來成了《你的眼我的手》的劇中主人翁。

許桃是阿出的眼睛，阿出則當許桃的手，兩人互補長短，在人生最後階段成了彼此的依靠。沒錯，許桃的手出了問題！因為她後來又罹患了乳癌，手術後淋巴水腫，她的右手腫的是左手的兩三倍大，年紀大了又生病，她沒辦法再當看護了，只好賣起了水餃和餛飩養活自己。平常只要許桃手痛起來沒法工作，眼盲的阿出便會出手幫她，兩個好姐妹不喊苦，只想著要好好活下去。所以你當我的手，我當你的眼，一起往前走……

我還記得個性倔強不服輸的許桃曾回憶說，她經歷了人生很多苦，也想過要放棄生命，但就算要走又心有不甘，於是她曾經想過一個計謀，就是存錢買車然後考駕照。不解嗎？我當時聽她說也覺得好笑，如果你連生命都想要放棄了，怎麼還會想要買車呢？年輕時讀書就不靈光了，又怎會年老了還要考駕照死背書呢？

結果許桃的答案讓我嚇了一跳，「我不是要開車去玩，我的人生已經一無所有了，所以我要跟他拼了！他打我幾十年，要走就一起走，而且我要一次把他撞死，把過去的痛一次討回來……」乍聽，一時之間回應不過來，沒想到那恨意竟然如此巨大，讓她寧願終其所有玉石俱焚。

還好，她剎車了。

因為阿出的關係，許桃接觸了慈濟，接觸了佛法。她說，「還好我有了解因果，沒有再去做傻事，不然我自己才是虧大了！」許桃笑著說。她不再想報復的事，不再想著自己苦，想想她照顧的許多臥床病人，她行動自如已經幸運許多，她開始有了感恩心，也開始懂得付出，莫因善小而不為、莫因惡小而為之，於是她砥礪自己不只到環保站當志工，也到創世基金會當志工。

有一天當她聽到傷害她一輩子的老公中風時，許桃選擇了到醫院照顧他，直到他離世。前夫臨終前，許桃唯一做了一件事，就是明白的告訴他，「從現在起，我跟你的緣了了，我不再是董許桃，我叫許桃！你聽清楚……我是許桃！」說完，她老公死了，她自己則是狠狠的哭了一場。而原本存了錢要買的車子，她也做出新的決定，就是捐給醫院當成社區巡迴照護車，希望讓更多生病的人可以得到幫助。

孑然一身的她，當戲劇完成時，她告訴我說，現在身體越來越不好了，如果我不嫌棄，希望我四處分享時能讓她跟著去，她願意現身說法，鼓勵大家好好活著，希望大家一定要更珍惜自己！於是那段時間裡，我身邊多了一位老跟班。

還記得第一趟搭檔出門時，一上高鐵，我們都拿出了早餐，而且我們

都為彼此準備了早餐，當下我忍不住笑了，兩個人四份早餐，我的都是店裡買的方便餐，許桃準備的都是她一早親手煮的玉米、滷的豆干、熬的青草茶，很是溫馨呢！她還曾經帶我順路到她的老家去採桑椹，回台北後熬了一大鍋桑椹汁給我，因為我說話太多經常咳嗽，所以要我喝冰糖桑椹好好補一補……她總是很溫暖，很細心的照顧著身邊的人，若沒聽她敘說往事，很難想像她曾經那麼苦。

人生有時盡，最後她也選擇捐出身體當無語良師，把自己最後的肉身做最大的利用，培育更多的好醫師。我印象很深刻，在她癌末時幾次去看她，雖然難掩病苦的痛，但她總是不抱怨，甚至為了不麻煩別人，還自己到醫院附近租了間套房，默默的等待心蓮病房有空床，每次見她都讓我很心疼！「不要為我擔心，我已經準備好了，就是把此生的苦一關關過，過了就善了……」這話瀟灑，許桃不只是說說而已，更是用生命來實踐它。

曾經有人勸她不要賣素食餛飩不好賺，生病需要錢，賣葷食收入比較好，可以買更多營養品和補品。但許桃完全不為所動，甚至還駁斥友人，

「開刀有打嗎啡還有人照顧，我就已經痛得受不了，那些動物我以前殺牠們沒感覺，不知道牠們有多痛苦有多害怕，現在我知道錯了，不想再因為要自己健康多補一點，而去傷害任何生命了，病痛是我自己的，我自己受就好！」我聽她轉述時，心中一陣激動，這種面對生死的大徹大悟、大破大立，實在像是一幅壯闊的風景，我由衷的佩服感動。

看著她，想著她的故事，對佛法的參透，並無法倒帶修正她過去的苦難，但卻讓她找到了面對苦難時，平靜安樂的心，並且給了她正面力量，讓她在生命末了跟大眾結了份好緣，也讓自己輕安無礙。這故事在電視台播出後，迴響很大，我相信她現在應該轉苦為甘，不再是苦桃了，或許已經是個人見人愛的小甜桃女孩呢！

轉黑為白的女暴君

許金蘭，看她的故事介紹和親眼見到她本人，落差真的很大。因為文

本中的金蘭，當年在艋舺地區綽號女暴君，她的先生洪坤瀛則是綽號冷霜子，這對夫妻從綽號一聽就知道不是好惹的人。「還好上人把我們資源回收了，不然我們可能早在街上被砍了，要不就是家破人亡了……」金蘭回憶起往事，說起話來仍有些許江湖味。個子嬌小的她現在梳妝整齊，穿著慈濟旗袍，還略施薄粉，看起來十分莊嚴，怎樣都猜不到過去她曾是道上大姐，和先生開了好幾家卡拉ＯＫ店，她說過去的生活是晝伏夜出，經常在宿醉中清醒，在酒醉後睡去，要是白天曬了太陽，可能會見光死。

金蘭的顛倒人生，其實要從原生家庭說起，父親常年失業好賭，母親則是哀怨一生，從小聰明的她並沒有因為這樣就更加努力經營自己，反而跟著許多壞朋友沉淪了。抽煙、打架、鬧事……甚至離家出走，樣樣她都經歷過，闖蕩到最後，就連拿刀和仇家在街上互砍都不稀奇。而她和先生的相處更是火爆至極，吵架絕對是動口動手一起來，不只揮手動拳，甚而摔電視、摔電鍋、摔冰箱……採訪時聽他們說往事，很多時候真讓我們瞠目結舌，但他們也會自我調侃，後來跟附近電器行老闆很熟，因為他們經

金蘭看了月刊中許多的志工故事後，突然回首自己的人生，她才發現自己如果就這樣死去，那對社會真是一點回饋都沒有，甚至只有破壞。如果就這樣死去，她會好後悔好後悔，因為還有好多事都沒有機會做，「人身難得今已得，佛法難聞今已聞，那時候我看到這兩句話很震撼，一直哭……一直跟菩薩求，再給我一次機會好不好？只要讓我活下來，我一定要改變自己，拜託……再給我一次機會！」結果那次生死危機金蘭度過了，於是出院後決心改頭換面，她很有決心的把所有的酒全部丟掉，還把以前華麗的衣服也全都回收送人，絲毫不留戀。她這一轉變讓先生嚇壞了，本來以為只是一時興起，沒想到金蘭堅持到底，徹底改變。就連以前滿口髒話，動不動就飆罵的個性，也開始變得溫和許多，坤瀛終於相信：老婆真的變了。

現在的金蘭能言善道，不是酒店裡的應酬交際，而是推動環保不遺餘力。問她人生由黑夜轉白晝的感覺如何？她笑得很燦爛，「有陽光真好！

過去的我自以為很瀟灑很率性，其實很空虛，我很愛我的先生，但我自己卻不懂愛，讓我們的婚姻瀕臨破裂，沒想到改變了自己後，一切竟然都不一樣了，我覺得我現在的愛很飽滿，還能多到去幫助別人，真的是很棒的感覺！」

當然，那位冷霜子現在也跟著老婆一起改行當志工，他說最大的收穫是家庭和諧美滿！不再是人人害怕的大哥了……

破浪而出的蔡天勝

因為吸毒、販毒，還做了不少荒唐事，他的人生還有機會轉變嗎？

蔡天勝得知自己被判無期徒刑後，每天做噩夢，夢到的全是地獄景象，甚至被惡鬼追……他的慌亂和尖叫聲讓獄方頭疼，後來便給了他兩本書，希望他能把心靜下來。也就因為看書的因緣，這兩本書有機會走進了他的人生；一本是了凡四訓，一本是慈濟月刊。

《了凡四訓》讓蔡天勝第一次知道性格決定了命運，原來自己抱怨不滿的人生，是由自己造成的，所以要改變命運也得由自己做起才有機會。「當時想要改變，但我在監獄服刑，根本沒有機會！當時，我的心情是很後悔又很慌張，知道自己過去作惡多端，可是現在卻又沒機會彌補、沒機會改變，那該怎麼辦呢？還好後來我看了第二本書，就是慈濟月刊……」蔡天勝看到了癌末的病人，還有白髮老奶奶都能去當志工助人，還能到環保站做資源回收守護大地，而他身強體壯正值壯年實在太慚愧了，於是他開始每天抄寫靜思語，並且做出改變命運的決定。

他提筆寫了一封信給證嚴上人，在信中跟上人說，如果老天給他機會出獄，他要許兩個願望，一是皈依師父，投入志工行列幫助需要的人；另一願望則是生命終了時，他願意捐出身體給醫學院解剖用，最後還能化無用為大用，也算是盡一己之力回饋社會吧！

生死都已有了依歸，蔡天勝說他的心好像吃了定心丸，既然莫因善小而不為，所以他相信在獄中也有機會行善，那就從當下做起吧！於是，在獄中開始茹素，並且幫助老弱病的獄友洗內衣褲，幫助他們出勞務。但這改變一時之間，卻讓部分獄友看不順眼，多處刁難挑釁，但他都跟自己說，一定要忍住！不能再走錯路了！

就這樣，一念心的決定，他開始改變自己的行為，改變自己對人的態度，改變自己暴烈的性格……最後，得到了假釋的機會，竟然真的讓他出獄了。這對蔡天勝來說，可以說是浴火重生的機會，他告訴自己一定不能再錯了！於是他開始認真找工作，從麵包學徒當起，另一方面則是自己找到了慈濟的台中分會，希望如他所願，有機會加入志工行列。但這時光靠勇氣還不足夠，因為入獄受刑而產生的自卑感，竟讓他裹足不前。他說自己曾經在靜思堂外騎著機車繞了好幾圈，就是不敢走進去，直到有一次鼓起勇氣了，還是只敢走到門口張望。幸好這時候有貴人來推了他一把，原來是一位師姐拍了他一下，問他為何不進去？結果天勝支支吾吾的說出自己剛出獄的背景，心想師姐可能會被他嚇跑吧！

沒想到這位師姐竟然笑了出來，「剛出獄有什麼關係！我以前也是八

大行業的，什麼人我沒見過，我都可以變好了，你也可以啦！進來吧！」就這樣，蔡天勝開啟了他的第二人生。

重生後的蔡天勝開素食店，學做有機餅乾，接引吸毒的更生人，更立願要盡其所能幫助更多迷途的人，希望他們可以跟他一樣有機會「重生」。接觸蔡天勝之前，我沒有遇過吸毒的人，聽他說著毒癮發作時的可怕，沒有自己、沒有靈魂，就像行屍走肉，實在令人驚恐，也難怪許多犯罪的源頭，都與毒品脫不了干係。

雖然故事說得輕鬆，但要擺脫毒癮、脫離壞朋友的引誘卻真不容易。天勝有一次告訴我，過去的毒友聽說他竟然開始做志工，甚至捐款濟貧時，他們找上他，想跟他要點錢花花，當時學徒一個月薪水一萬五千元，身上根本沒錢，而且他也不想再走回頭路，因此他向對方九十度鞠躬說抱歉，結果換來一陣辱罵、拳頭，甚至連手上的佛珠都被扯斷了，他說當時的念頭就是「忍」！絕對不能再錯了，一定要忍！他默默地趴在地上揀拾起佛珠，無論對方如何侮辱他，他不回嘴；如何恐嚇他，他也不回手，終於對方覺得無趣，只好放過他了。蔡天勝說起這段經過，已經是雲淡風輕，但我相信當時內心的衝擊和善惡拔河卻是驚天動地的震撼。

熬過這一切，蔡天勝說：「如果人生還能重來，我一定不會再走錯路了！還是當好人快樂！」

論苦，論顛倒，論絕境，我們多數庸庸碌碌的人，都不會有許桃、許金蘭、或是蔡天勝的經歷。我經常想，他們都能因為一念心轉，而讓自己的人生變得不一樣，而我們呢？這比上不足比下有餘的人生，能不能用我們的力量讓它更好呢？很多人為了轉運，會去捐錢、改名改運、迷信風水、轉山祈福……其實人人本是一部藏經，轉動我們的人生劇本，何須外求呢？我們自己才是舞台背後撰寫劇本的那隻手吧！

11 耕一畝心田

我很喜歡搭火車旅行，雖然絕大多數的時間都是為了工作出差，但說也奇怪，看著窗外風景總覺得在看一場電影，火車不斷前進自有景色不斷消逝，亦有風景不斷補填，就算進入隧道，閉上眼聽著與山壁共振的呼嘯，也是一種另類的寧靜體驗，就連車廂中原本高聲闊談的人，都很容易在進入隧道時噤聲，是因為少了窗外景色助興？還是這時的黝黑與嘎然震響的回音讓人緊張？

浪漫與出離感是火車上特有的味道，就像夾雜著廉價芳香劑、霉味的空調氣味，和鐵路便當那種悶熟的飽足感一樣，只要一接觸它，熟悉的感覺就上來了。有時候覺得應該是窗外的景色啟動了心緒，勾引出了心底很多的片段回憶，但仔細想想，或許倒過來，是心的運作讓窗外的景色變得不一樣吧！同樣一片大海，依著天氣變化、雲彩深淺、氣溫濕度的差異，便產生了不同的藍，從深邃的湛藍，褪色成了灰藍色的朦朧；如同讓我徜徉於夏威夷的熱情，也可以憂鬱在倫敦的霧霾陰沉中。大海不變，四周氣候的變化、光的變化、日月的變化、我心的變化，讓她有如變裝女王般，秀出了百變的性格，我曾撰文說她善變，後來才發現善變的是我。

日本311大地震發生時，我正忙著跟許多志工一起共修〈水懺〉，因為證嚴上人在前一年底呼籲大家要「大懺悔」，那幾年他常說：「來不及了！」而眾人總有各種不同的理解和詮釋，雖然那時候我心裡也覺得有個梗，卻也一時間摸不著頭緒，小從每天我們分秒遞減的壽命，大從不斷被人類啃食崩毀的大地……一切都有來不及之感。直到日本大地震發生，看到地震、海嘯、水火無情……吞噬了日本關東地區的繁華和無數生命，此時巨大的無常感，讓我受到非常大的震撼，這是警鐘？還是示現？

我曾做了整理，從三月十一到三月十三日期間，大地震、大海嘯、新燃岳火山爆發、千葉煉油廠爆炸、福島核電廠核災、就連千葉縣也爆發大規模禽流感……瞬間摧毀的無情，讓原本兀自運行的城市經濟、市民生活，包含過去的記憶和未來的願景，全都打破了。那段時間，每天看著災難新聞，每天讀著水懺，實在是很難受的深刻體會。

何人無罪？何人無愆？敢說自己從出生到此時此刻為止，沒有傷害過別人！沒有做過錯事！沒有損害過別人財物利益！沒有開惡口起惡念咒怨他人！沒有傷害過自己！……請舉手。

那段時間的演講，我經常這樣開場。每一場都沒有人舉手。

曾經，我對於佛教拜懺一事，也有過困惑。因為過去帶我去過幾個道場與會的朋友，老跟我說拜經懺是要消除冤親債主，可以給自己轉運帶來好運，要是自己沒空拜，還可以捐錢給寺廟請師父代念，而我總是回他，哪有自己闖的禍，可以這樣唸唸經就消除，要是真的可以花錢消災，那現在應該做的應當是去賺更多的錢吧！這樣至少可以比較接近天堂吧。鐵齒好辯的我，當時還以此為題，在人間副刊寫過短文調侃一番。

後來，才深入了解到懺悔意在「淨自心」、「不二過」，這時開始嘗試回頭用探照燈、照妖鏡看自己時，才發現真相的可怕。尤其在水懺文中，三障懺悔文把心緒中的百八煩惱，一一羅列剖析時，真是嚇人的精準，我曾讚嘆真像閱讀一篇精彩的心理分析報告，邏輯、理路清晰明白，細密度讓那一絲的小惡念都難逃法網，一邊細讀一邊冒冷汗，很像做了壞事的小偷，被偵探拿著放大鏡檢視一般，心情真是只能用驚恐來形容。

可惜的是，這樣一部對人性剖析十分精彩的懺文，經常被加諸於它的〈水懺序〉搶了風采。序中寫了悟達國師人面瘡的故事，融合了史記袁盎、晁錯列傳，和「以水洗瘡」的佛教經典象徵，並參考了宋高僧列傳中的《知玄法師傳》，於是讓十世高僧悟達國師因為一時貢高心起，而讓十世前的怨敵晁錯靈有機可乘，化為人面瘡來加以報復。幸好，得遇當年悟

達國師幫助過的病僧（實為迦諾迦尊者）相助，以三昧法水為國師洗淨，讓他得以痊癒，並讓十世前袁盎、晁錯的宿怨化解，於是悟達國師寫下了水懺。

這篇敘事起伏精彩的故事，幾乎成了大多數人對水懺的印象，知道起心動念若稍一不慎，極可能引來可怕的業力降臨，所以哪怕貴為高僧也不得不謹慎，更何況你我凡夫。但深入考據，有越來越多的研究者從佛教經典、以及史書探尋中發現，其實水懺本文在更早的《佛名經》中已經出現，懺文禮拜在唐朝也頗為興盛，知玄法師為唐代高僧，五歲能詠詩，十一歲出家，十四歲能說涅槃經，歷經唐武宗滅佛事件時，還登擂台與道教辯法無礙才保住性命。並在唐宣宗復興佛教時，成為背後極大的推動力。《慈悲水懺》文本由誰而成，成為後世研究不輟的主題，甚至推論極有可能為知玄法師的輯錄抄本。

此外，水懺序中寫到，唐懿宗（宣宗死後繼位皇帝）賜紫檀椅給悟達國師，讓他起了驕慢心，不過在《宋高僧傳》和相關典籍中卻記載，知玄法師是到了唐僖宗（懿宗在位十四年後亡，僖宗繼位年僅十二歲）時，才受封為悟達國師，因為僖宗上位正逢唐朝最嚴重的農民起義事件；農民饑荒餓死，遍野橫屍枯骨，於是發生了歷史上著名的黃巢起義，而僖宗也成為唐末第一位逃離京城的皇帝。逃難時，心慌意亂的小皇帝請了知玄法師為他開示，法師為皇帝說佛開、示、悟、入大法，讓僖宗心安並體悟法喜，於是封知玄法師為悟達國師。

其實不管是唐懿宗還是唐僖宗，都被史書（新、舊唐書，資治通鑑）記載為由盛世轉為衰敗的兩位皇帝，「以昏庸相繼」來形容。其中懿宗尤其荒唐，在位十四年換了二十一位宰相，豪奢放逸、夜夜笙歌、酒肉不斷，也把宣宗中興後的國力消耗殆盡，鑄下農民起義攻下京師的種因。甚至歷史上著名的「殺醫」事件，也是出於懿宗之手，因為愛女同昌公主病亡，便怒殺二十多位太醫，牽連九族三百多人，上書進諫的人也遭連累。

試想，知玄法師經歷唐朝國力和佛教興盛時期、又經唐武宗滅佛事件，晚年又逢唐末荒亂的年代，對這位修行者來說，他所目睹的不正是一場人間大戲？人性的貪與慾在他眼前翻滾沸騰，他寫慈悲水懺不論為原創或抄錄，必定感慨萬千，見證人們累世的錯誤不斷重演、重蹈覆轍。就像中外史家、學者也必有此感，看朝代更迭，看族群命運輪轉，多是不斷重複錯誤與一再學習的演繹。

知玄法師在他命終時，交代弟子將他的遺體「半飼魚腹，半啗鳥獸」，對人世俗事毫不沾戀。我讀《慈悲水懺》時，佐以唐朝興衰史一起看，除了被懺文微觀所解析的一念無明牽動三毒而招致的百八煩惱所感外，也宏觀的對應出當時時代轉輪下的興亡悲歌，如今回頭再遙望這齣大戲，實在甚為驚心動魄。當然更為驚駭的是，現世的我們，綜看國際紛擾，戰火頻仍，資本主義消費的擴張，大地資源過度的消耗……或許此刻的我們也正在這重複錯誤的歷史滾輪上，再一次的演繹。

再看明成祖永樂十四年編整《大藏經》時，才被編納入的〈御製水懺序〉是誰寫的已不可考，其中述說悟達國師經歷人面瘡的內容，因果歷歷不爽的故事性，雖然讓人過目難忘，但也令不少抗拒非科學性色彩的人，困惑真的有人面瘡嗎？怎麼能說話？還能吃東西？佛法不是要大家自心懺悔，勤修正法，怎會有三昧法水的神蹟讓十世惡緣一以了之？那人面瘡會不會是古人不識蜂窩性組織炎？會不會是肉芽組織？這些問題，還真的常常被問呢！尤其是醫師最愛跟我討論這些問題。但我總是提醒這些朋友不要捨本逐末，一個故事性的傳說，就像東西方皆有的傳奇故事和神話寓言，歷史久遠真假的辯證已不是重點，重點是這故事的背後所想要闡述的真實意義。我如是想，也如是看待。

每個人心裡都有一畝田，我們都是自己命運的農夫。自耕農。讀水懺時，曾經給自己畫了一幅田地，想想身是載道器，每個人本具六根（眼、耳、鼻、舌、身、意），六根無善惡，都是心念牽引它為善、為惡。每個人都有習氣（貪、嗔、癡、慢、疑、邪見）；每個人也具有菩薩的四無量心（慈、悲、喜、捨）。當每一個境界／事件／考驗現前時，我們是如何運用我們的感官結合意念，再啟動行為呢？

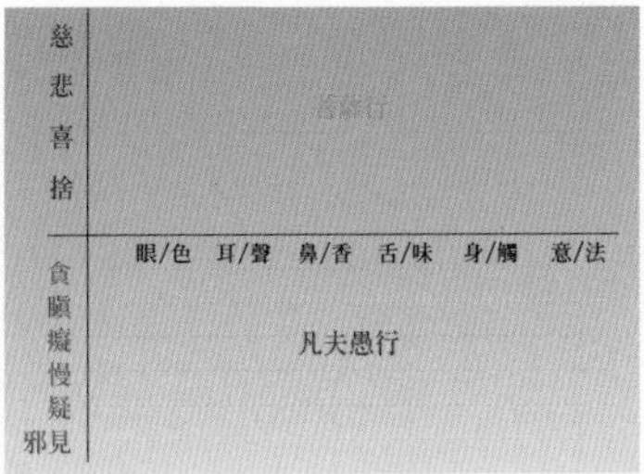

偏邪的心念讓我們種下惡業的種子，如凡夫愚行；正向的心念則讓我們結下好緣的種子，如菩薩行。我曾自問，若現在讓我們每個人的心田種子全都瞬間發芽，不知眼前哪片田地風景好？

誠實面對自己的「心田」，也是一種功課。

結果大多數人的答案都是下面（凡夫愚行）密密麻麻，上頭（菩薩行）稀稀疏疏，然後大夥兒尷尬而笑。而我們以這六根（眼、耳、鼻、舌、身、意），加上與外境交會後延伸出的六塵（色、聲、香、味、觸、法），所生的六識（眼識、耳識、鼻識、舌識、身識、意識），這十八種狀態交織著六種根本習氣煩惱（貪、瞋、癡、慢、疑、邪見），便延伸出了一百零八種煩惱，啟動了種種凡夫行。

例如，眼見魚兒悠遊，若勾動食慾或美食記憶，而起了貪念，便點了活魚三吃；但若此時悲心一起，想到蠢動含靈，魚兒何辜，為了逞口舌之慾，卻讓一條生命承受痛苦而死，於是便決定不吃牠了、甚至護生，這兩種心念可能就在不同心田裡播下了不同種子，待因緣成熟時，便會萌芽。

所以呀！遇到逆境考驗時，與其怪別人、怪老天、怪爸媽，不如每個人動動我們的身心靈，好好當個心地農夫，幫自己的心田除除草吧！

再來，如果未來遇到人、事、物而起心動念時，要不要也給自己一個選擇的機會，我要起何種心念？往哪片田地撒種子呢？這粒粒種子待因緣成熟後，可能都會化為人生劇本上的關鍵字、關鍵轉折，寫下我們的未來！

佛說，勿因善小而不為，勿因惡小而為之。便是這個道理，一個小小心念不容小覷，用蝴蝶效應影響地球氣旋的譬喻來形容，一點也不為過。

有位朋友在工作報告後，情緒沮喪，問他為何不開心，他生氣地說，他還沒報告完一旁就有人提醒說時間快到了，讓他很不舒服，為此氣了一早上，懷疑這個人是故意找他麻煩。

「他為何要找你麻煩？」

「我怎麼知道！」

「你有問他嗎？」

「這怎麼問ㄚ！當面他不會承認，我上個月業績比他好，可能是嫉妒吧！」

「你確定嗎？這跟你的業績有關嗎？」

「我猜應該是。我的懷疑啦！」

「所以你生氣的東西，其實是你一點都不確定的一個想像，和你曾經懷疑的人。事實上，這一切也可能根本就不是你所想的那麼糟糕！」

「不然呢？他幹嘛要提醒我時間快到了？」他仍然執著於此，整整氣了好幾天。直到一週後再遇見他，問他心情好些了嗎？他說沒事了，因為後來得知當天會後老闆還有一個重要行程，同事其實是好心提醒他，免得耽誤了老闆重要的約會。

「所以，你這次生氣根本是白氣了幾天！而且還誤會了一個人。」

「是這樣的。這算不算找自己麻煩？」朋友苦笑。

在朋友的例子中〈「時間快到了」〉，其實只是事實的描述，他聽到了這句話，心頭卻起了懷疑，所以讓接下來的情緒大受影響，甚至結下了一個假想敵。如果這時候換個思考，起的心念是一念歡喜心，謝謝同事好心提醒，讓自己的報告不要超長，影響到接下來的行程，那是不是應該要說感恩呢？

曾經，我製作過一位八十多歲的環保志工翟爺爺的故事，因為過去曾在軍中受過白色恐怖的迫害，一輩子都懷疑別人要害他。獨居的他曾是志工關懷的個案，當時翟爺爺就懷疑這群關心他的人來路不明，居心叵測，遲遲不願打開心門，唯一知心說話的對象，是他養的一隻貓，平日他也不跟人來往。還好後來幾位住在附近的志工鍥而不捨的探視他、關懷他，才讓他相信可能真的有好人。

後來，大家接引翟爺爺去環保站做資源回收，除了可以接觸人群之外，也能讓他免於自疑疑他，有機會重新肯定自己。還好眾人的愛終於溫

暖了他，當他卸下心防時，忍不住紅著眼感嘆道，過去他不相信有好人，甚至懷疑對他好的人，都是想來騙錢的，所以一直很孤單。現在，開始懂得付出後，第一次在台灣有了「家」的感覺。所以，現在一週去一次環保站報到時，翟爺爺總要在前一天特別洗衣服、洗澡、刮鬍子，隔天才好去見家人，「這是禮貌！」翟爺爺說。

而他回報家人的行動，就是開始在平日走出家門，到松山五分埔附近去回收紙箱，甚至為了多撿拾一些紙板，自己做了一支扁擔，所以若是在五分埔附近看到矮個子的白髮老人挑著扁擔，兩頭綁著許多回收紙板，那肯定就是翟爺爺了。

還記得第一次拜訪翟爺爺時，他也懷疑過我們是調查局派來的，就連我們要離開時，他也堅持要送我們到巷口，一定要見到我們的車離開他的視線，他才肯回家。就這樣「諜對諜」幾次後，他才真的相信我們是來採訪的，沒有要竊取他的資料。這段歷程現在想來仍會忍不住發笑。最後戲劇殺青，大家一起在翟爺爺家為他獻上蛋糕，他笑得好開心，直說要給大陸親人看看，他現在過得很好！其實他依舊是住在那間看似違章建築的破舊平房，唯一不同的是他的心開朗了，不再是成天疑心防著別人算計的老翟，也不再是那個曾經因為軍中傷害而不再信任別人的翟丕坤。

「我老了，要把握時間盡量多做一點，以前我都白活了！現在才認清，要趕快彌補呀！」翟爺爺如是說。

起心動念無不是福，起心動念無不是業。端看每個人起何心念？曾經有位醫師在其他道場學佛時產生困惑，要我代他向上人提一個問題，到底是「隨緣造業？還是隨緣消業？」他說完，我和他一起困惑，好像兩種說法都曾經聽過耶，到底是哪個對呢？我們想了很久。

「隨惡緣造惡業，隨善緣消惡業。」上人的回答簡潔有力，說完師父就淺淺地笑了。對呀！這麼簡單的道理，怎麼會讓我和那位醫師同生困惑呢？真是在纏如來不知變通啊！

耕一畝心田，不也道理簡單嗎？未來要隨境起念播下種子時，多想一下再行動，已經播下的惡種子，千萬不要再施肥囉！瞋念大了還繼續生氣，不久會燒燬良田的；貪念更是無底洞，別跟欲望交易頻繁，去買快樂換幸福，永遠都會輸這小惡魔一步的。

祝福自己，祈願能夠成為一個好農夫！

12 心地風光

第一次公開說「無常」，是在金馬獎頒獎典禮的後台，那時有記者訪問我，「你認為拍紀錄片最大的收穫是什麼？可以用簡短的幾句話回答嗎？」

簡短的幾句話?!記者強調。

最怕這種問題，雖然是善意的執行工作，但這真是大哉問，又要配合新聞長度，讓我腦袋呈現空白的光景，都不只是幾句話的時間。

我想好了！就一句話「我覺得拍紀錄片最大的收穫是——很深刻地感受到人生無常！」

「嗯……人生無常？就這樣嗎？」記者顯然有些失望。

「需要再多說一些嗎？」我說。那位記者想了一下說：不用了，謝謝！便撤走了攝影機。不過，我說這話，可是真心的，雖然並不符合電視新聞的期待。

站在攝影機背後看人生，會訓練出一種抽離感，雖然人的距離仍是近在咫尺，但卻是一段冷靜的距離，就算偶爾被當下的情緒感染，而失了節制，但回歸到剪接台時，我總是會再度提醒自己，觀察人生不能只看當下，就像要審視一條長河的美，也不能只關注於一個漩渦、一方淺灘，或是一襲瀑布，要能看得遠，也看得深邃，才能捕捉到她的性格，蜿蜒綿長或是豪邁奔放……這長河的風景，自是獨一無二。然而遠觀後，也要記得再回到細節微觀，就像觀察人的一個動作或一句話，其實都隱藏著許多的人生密碼在裡頭，學會解密，也會讓我們更有機會了解自己。

曾經，面對充滿無常、變化的人生，我總是好奇：難道沒有一個邏輯或者脈絡可依循嗎？接觸佛法前，我非常困惑！現在，則是邊做邊學，才慢慢體會到上人曾經數次提及的大宇宙、小宇宙觀竟是如此奧妙，生生不滅又互相牽引。還記得有一回，遇到工作上的考驗，卡在堅持的理念與人事的圓融中起了衝突，那時回到花蓮靜思精舍時，我便向師父請益，什麼時候該堅持理想守之不動？什麼時候又該放下執著，隨緣自在？

上人看看我笑了一下，我以為師父會直接當頭棒喝敲我一棒，要不就是直接給予答案，但沒想到他轉頭看看窗外的庭院說，昨天這些地上的葉子都還在樹上，可能一陣風來，它就掉落了，真是無常！但是，再把時間放長一點看，秋天到了，這棵樹本來就要落葉的，所以這些樹葉的飄落也可以說是正常吧……人生很多事也是這樣，你說到底是無常還是正常呢？

當下我還掛記著我的煩惱，一時之間還真不太能理解師父提點的禪機，甚至愚蠢的想，為何不給我更直接的答案呢？現在想想，真是懊惱。

佛法中，強調因緣觀、因果觀。不解的人覺得迷信消極，我卻認為是再積極不過，若人生的機緣都是因緣和合而成，緣起相聚，緣滅離散，每一個此時此刻，每一個當下都應是獨一無二的珍貴，而且稍縱即逝。至於那些永恆不變的追尋，在明白了真空妙有的因緣觀之後，便顯得無所依靠了。

再說因果，其實也很科學的，種瓜得瓜、種豆得豆，總不會是種西瓜得芒果吧！當然也會有人不服氣說：「因果才不準呢！明明有些好人沒好報，有些壞人日子可逍遙了！」但靜下心試著理解，我們觀看因果是以何為「時間」、「空間」的判讀想像呢？是我們期盼當下立判的公平？還是情緒下的不滿積累？

佛法的時間思維包含過去生、現世、未來生，不是只有我所計較的這個現在而已。而此生所存在的我，其實也不只是這世的角色，還集合了過去的我所「種下的因」，以及同時編寫著「未來人生劇本」所醞釀的果。這時間、空間的超越，和人與人之間因緣的交織，最終寫成了一齣齣你我的人生大戲。但我們因為肉眼視界有限，大腦思維也有限，所以對於這因果輪迴的種種挖掘和探索也看得有限，許多人雖然想要深入了解，但多數

只想知道為什麼？甚至只想聽故事，以為知道了過去生發生的事，就可以擺脫宿命的糾葛，卻忽略了此生的功課還是要面對，還是要有智慧去圓滿善了，若只是盲目的追尋前世今生的神秘，反倒更增添了宿命的負擔。所以佛陀教我們要安住當下，不浪費時間緬懷過去，追溯恩怨，也不浪費時間妄想未來，如何把握當下才更為重要！當下的盡心圓滿，過往的緣才有機會善了，未來的人生劇本才能更好。

「人生最大的懲罰是後悔。」靜思語這麼說道，因此若人明因果、惜因緣，自然會更積極的珍惜此生的難得，不敢蹉跎生命，還要提醒自己好好耕耘！這樣的人生又怎麼會消極呢？

過去遇到困難想要放棄時，經常會問自己一個問題：

「如果老天大發慈悲，提早讓你知道死亡會在二十四小時後到來，請問你現在最想做的事是什麼？什麼事不做你會後悔？」這個問題，我至少曾在六所大學演講時提問過。

第一次對外提問，是有位邀請我去分享紀錄片的老師建議的，他希望我在分享完後，問學生一個問題，「由妳決定！想問什麼都可以。給學生十分鐘寫下答案，我們會回收答案卷做整理……」這開放式的邀請，對我來說很有挑戰性，當時台下坐的是八百多位大一的新生，因此我決定直接撞擊一下年輕人，於是便提出了我經常自問的問題，「如果老天大發慈悲，提早讓你知道死亡會在二十四小時後到來，請問你現在最想做的事是什麼？什麼事不做你會後悔？」原本態度開放的老師，聽了我的問題之後，竟然開始擔心起來。

「導演，你這問題對大一同學來說有點難噢！我很難想像他們會寫出什麼答案？」

「你說不設限的呀！要對學生有信心啦！」

十五分鐘後，答案卷回收了。我想那位擔心的老師，應該怕的是同學嚷著要環遊世界或是大吃大喝這類的答案吧！結果出乎意料之外，有將近七成的同學，答案是很接近的一致。讓這位老師鬆了一口氣，並且同意：

同學比我想得成熟呢！

將近七成雷同的答案，在其他學校的學生大約也是如此的比例，這結果連當初提問的我都沒想到會有如此大的共識！到底大家會在最後的二十四小時做些什麼事呢？

「我想要跟媽媽說對不起……我經常讓她擔心，讓她煩惱……」

「我想要擁抱每一個家人，告訴他們我愛他！……」

「我想要回家，跟家人安靜的吃一頓飯……」

「我想要跟妹妹說對不起，過去經常欺負她，希望她不要介意……」

「我想要趕回家，跟家人守在一起……」……

不知道現在看書的你，答案是什麼？我在演講最後都會提醒大家，在現實世界裡，死神沒有這樣的慈悲，可以事前透露無常給你知道，但你可以做的是，在等會兒散場後，去實踐你最想做的事，如果沒法回家，至少做一件事，就是打電話回家……。在這問題下，回歸家庭的意義，不只是表面上與家人相聚，或是與家人／最親愛的人和解而已。更重要的意涵又何嘗不是回歸自己，不再是向外緣求，而是面對自己。

曾經，我也跟自己提出過另外一個問題，就是「你生命中最珍貴的東西是什麼？」

生命。

時間。

健康。

真愛。

家人。

青春。

快樂。

……

以上這些答案，是在無數場的演說中累積的，也是我當志工時的觀察。

「這些生命中最珍貴的寶物，用錢買得到嗎？」我再追問。

幾乎大家都異口同聲地說：「買不到！」

想想我們一生中用了多少努力和心力去得到這些生命中最珍貴的東西呢？我們有每天珍惜嗎？關於時間、關於健康、還有那些我們摯愛的人……更甚乎關於生命！我們用了多少時間來好好對待這些人生至寶呢？

而真相卻是，我們用了絕大多數的時間去想辦法賺錢。在現今的社會價值觀中，多數人以為有錢就可以買到所有的東西，所以大家都努力打拚，沒想到最後才發現最珍貴的寶物，卻都是用錢換不到的！雖然金錢和物質生活是我們在現今社會和環境下生活的代幣，但是到底需要擁有多少才足夠呢？值得花上一輩子最珍貴的時間去交換嗎？

為什麼我們總在安排計畫時，把最想做的事，安排在退休之後呢？

為什麼我們總把善待身體養生保健的機會，放到成為銀髮族之後呢？真相是，生命不在日升月落之間，不在飯食之間，而是在呼吸之間。誰能保證我們一定會有明天？真相是，年輕時不好好珍惜身體，年老時恐怕只能收拾善後，而沒有機會養生了。

在每天的社會新聞中，我們可以看到就算是富有的企業家也無法挽回妻子因癌病逝；賈伯斯再富有也無法在生病時用財富讓自己重拾健康；而台灣首富也無法用金錢換得家庭和樂，身後看到成群的子女相鬥、爭產，這是他一生打拼所企求的結果嗎？

還記得九二一大地震時，中部有一棟大樓倒塌，死傷無數，救災中，有一個男人衝進封鎖線，大喊：「我老婆在裡面！救救她……救救她……她是我的全部，我不要失去她……拜託你們救救她！我還有好多話沒有跟她說……」男人哭天搶地的吶喊，現場讓人不禁鼻酸。而這故事的背景是，男人和他老婆相戀多年後，在三年前結婚，他們非常相愛，為了買車買房的夢想，他們都兼了兩三份工作，結果夫妻倆每天能碰得上面交談的時間卻不到一個小時，其他時候可能另一半都處於筋疲力竭的狀態……地震發生當天，先生出門前也來不及跟老婆說話，就只為了趕夜班而匆匆出門，沒想到再回家時已是天人永隔。

「如果可以重來，我不要買房子了，我想多點時間帶她出去走走，我想每天跟她一起吃飯，租房子沒關係，房子小沒關係，騎摩托車也好……我只想要兩個人可以在一起，為什麼來不及了……為什麼？」男人坐在路旁邊哭邊呢喃著，一旁的人們也不知道該怎麼安慰他，或許他也說出了很多人的心聲，但一切都來不及了，茫然的神情和哭紅的雙眼，是當時攝影機鏡頭中最多的表情。

這樣的悔恨和醒悟在醫院的急診室、加護病房、安寧病房，還有大災難後都常常聽到。如果我們現在還來得及做選擇，又會如何分配我們的生命呢？千萬別以為富有之後，就會更懂得珍惜生命、善用生命，大多數人對物質的慾念是有一缺九，也就是有了十塊想一百，有了一百想一千……有了第一桶金，就想著要當千萬富翁！

生死疲勞從貪慾起，只要執迷其中上了癮，就很難得到滿足。

記得很多年前有一次去蘇州演講，會後一名記者知道我沒結婚便問我，「導演，你會想要傍大款嗎？」

「什麼款？」

「傍大款呀！現在沒結婚的姑娘都想著呢！」

「對不起，我還是不懂耶！什麼棒啊？」

記者笑得很，「就是你們台灣說的嫁入豪門啦！大家都想要過好日子嘛！」

哎呦！是這意思呀，她大概笑我很土吧！「當然不這麼想呀，人生幸不幸福，跟結婚沒有絕對關係，婚後幸不幸福跟豪門更沒有絕對的關係……」這點我在鏡頭前看得可清楚了。其實我更想跟這記者分享的是，在我採訪的很多故事裡，女人大多的不幸福都跟嫁錯人有關，尤其遇到吃喝嫖賭的老公，經常這婚姻最後都是一場空，甚至還引來家暴。而有錢有地位的男人，面對權力美色誘惑時，也經常是不靠譜的。曾遇過好幾位

有錢太太花錢闊綽，卻很不快樂，甚至有嚴重憂鬱症，因為先生被更年輕貌美的姑娘吸引去了；因為自己在大家族裡被排擠；因為孩子要繼承家產而要與親戚爭鬥……看著她們穿戴名牌說的卻全是滿腹苦水的人生，那當下，我可樂得自由和自在，一點都不羨慕呢！因為我相信人的根本幸福來源，不會是你手上的名牌包，也不會是豪宅名車。

幸福，是簡單生活，但一定要活得有價值、有意義。

幸福，是讓自己快樂，也能幫助別人更好。

回首想想，我很慶幸在工作中、在生活中，遇見了許多生命的勇者，以及許多擁有大智慧的小人物們，在每一段生命旅程的交會中，都教導我許多生命的課題，並且激勵我跨越困境。當然，在證嚴上人的引領下，也讓我有緣一窺佛法的浩瀚，了解到妙法不是供在廳堂上給佛菩薩看，而是要自我行持實踐，有用的法才是妙法！經得起時空焠鍊的才是經典！

二〇一一年，獲頒清華大學榮譽校友，那年正是清華百年校慶，當天八位獲獎人都要上台領獎，也推選了三位代表要發表簡短演說，其中一人是我。當時台上多是台灣政界、學術界的大人物，我這個現場唯一的女性，也是最年輕的受獎者，坐在台上正苦惱著，我何其有幸能得到學校給我的殊榮？每一位在我前面發言的大學長們談及他們對社會、母校的回饋，捐獻金額多是幾千萬，甚至是上億金額……那時的我越聽越頭皮發麻，我這窮導演要說什麼呀？隨著時間逼近，終於輪到我（最後一位）了，在最後一刻，我決定誠懇的接受自己的幸運……

當下我如是說：

我是經濟系畢業，我們在課堂上學的總是要精打細算的算計著，什麼樣的投資報酬率才是最好、最有利的，而計價的單位通常不是美金、新台幣，至少也是黃金、豪宅、名車。如果是這類算計，那我要向台下的我的老師們說抱歉，我是很失敗的投資，拍紀錄片讓我曾經差點連房租都付不出來，現在參與志工團體，說故事寫故事，參與國內外賑災，也換不到高額報酬。但是，我想，既然你們還是願意給我這榮耀，我相信還是有我值得分享的地方，於是我試著把我的人生投資報酬率換個計價單位，替換了有形的物質計價單位，當我換上的是心靈投資報酬率，用快樂，幸福做爲單位……我發現我是很富有的，因爲「知足常樂」，因爲「付出的人最有福」，更幸運的是我還能用我的專業，把這份愛與幸福的力量傳出去，所以，報告老師，我是很好的人生投資者，謝謝你們給我肯定！

那天，我這跳tone的分享，贏得了不錯的迴響。典禮結束後，李遠哲院長也來跟我握手，他笑著跟我說，「妳剛剛的說話很有靈魂，我很感動！」我總算鬆了一口氣，而這些豐收，其實都來自於每一位與我生命交會的朋友們，是他們豐潤了我的學習，和我的心地風光。

衷心希望，每一位朋友的心靈投資報酬率都是豐收而有盈餘的，千萬不要讓自己的心靈投資負債枯竭，更希望當無常來臨時，我們都不再背負滿滿的後悔與懊惱，而能更自在的迎向下一段生命旅程。

圖片索引

王賢煌 P109 張舜燕 p117 黃子明 P53, p85, p119, p201, p225 許育愷 p61, p69, p73, p77, p89, p93, p97, p101, p121, p125, p181, p185, p205, p211, p221, p229 鄭惠中 p25, p81 蕭菊貞 p23, p29, p33, p37, p39, p41, p45, p57, p65 , p113, p145, p191, p209, p217 大愛台 p129, p133, p137, p141, p151, p153, p155, p157, p160, p161, p163, p164, p165, p169, p171, p172, p174, p175, p176, p177, p178, p187, p189, p193, p195, p197, p199, p213（感恩大愛電視台、戲劇製作團隊提供）

國家圖書館出版品預行編目（CIP）資料

導演的人生筆記：光影背後的感動與追尋 / 蕭菊貞著. --初版. --臺北市：大塊文化，2014.07 面； 公分. -- （Mark ; 101） ISBN 978-986-213-536-5（平裝）855 103010615